오느리툰을 늘 아껴주시는
우리 사랑스러운 독자님들께 바칩니다.

오느리의 하루

초판 1쇄 인쇄 2021년 7월 28일
초판 1쇄 발행 2021년 8월 2일

지은이 오느리

발행인 장상진
발행처 (주)경향비피
등록번호 제2012-000228호
등록일자 2012년 7월 2일

주소 서울시 영등포구 양평동 2가 37-1번지 동아프라임밸리 507-508호
전화 1644-5613 | **팩스** 02) 304-5613

ISBN 978-89-6952-468-3 03810

· 값은 표지에 있습니다.
· 파본은 구입하신 서점에서 바꿔드립니다.

오느리의 — 하루

오느리 글·그림

**사회 초년생이
세상을
살아내는 법**

경향BP

목차

3장. [사연툰 모음] 그래도 인생엔 포근한 순간도 있다

4장. 사회 초년생의 애잔한 일상

5장. [에세이] 90년대생이 세상을 살아내는 법

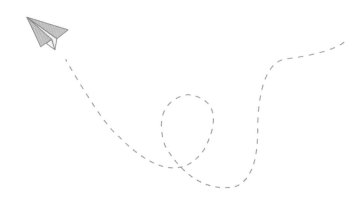

#프롤로그

영웅이지만 영웅임을 깨닫지 못하는 당신에게

세상 사람들은 모두 영웅이다. 산다는 것은 그 자체로 정말 어려운 일이다. 매일 6~7시간씩 잠을 자줘야 하고, 두세 번은 입에 먹을 걸 넣어줘야 한다. 화장실도 가줘야 하고, 물과 비누로 씻어도 줘야 한다. 또 감기 등 질병에 걸리면 제때 치료도 해야 한다. 그리고 살다 보면 무방비로 흠집 나는 마음도 잘 챙겨줘야 한다. 조금만 소홀히 했다가는 우울증에 걸리기 십상이니 말이다. 또 인간이란 대개 혼자서는 외로움을 타는 존재이기 때문에 꽃에 물을 주듯 인간관계를 소중히 해야 한다.

대부분 빈손으로 태어난 우리는 삶을 영위하기 위해 오랜 세월 돈을 벌고 노력한다. 그리고 그렇게 열심히 삶을 일궈내도 언젠가는 모든 것을 버리고 세상을 떠나야 한다는 모순을 견디며 살아간다.

이렇듯 산다는 것은 그 자체로도 너무 대단한 일이다. 우리는 우리가 원해서 태어나지 않았다. 그냥 눈 떠보니 태어난 건데! 그럼에도 불구하고 다들 제 몫을 하면서 살아낸다. 특히 나

♥ ○ ◁

태 지옥(생전에 게으르게 살았던 사람들을 심판하는 지옥)에는 한 발자국도 들어가지 못할 우리 한국인들. 우리는 스스로에게 매일 기립박수를 쳐줘도 모자랄 지경이다.

하지만 사람들은 본인들이 해낸 것들은 금세 잊어버리고 굳이 남들과 나를 비교한다. '왜 나는 쟤보다 잘나지 않았지? 왜 내 인생만 이렇게 힘든 거야!' 누가 시키지도 않았는데 그렇게 스스로를 불행의 구덩이에 꾸역꾸역 몰아넣는다.

나는 모두가 스스로에 대해 다시 한 번 생각해봤으면 좋겠다. 연약한 몸뚱이를 돌보고 열심히 일을 하고 그 대가로 밥을 사 먹고 집세를 낼 수 있다는 것만으로도 우리는 충분히 잘 해내고 있다. 원래 인생이 그런 거 아닌가. 잘 먹고 잘 살다가 가는 것.

물론 '저주받은 세대'라고 칭해지는 우리 90년대생 사회 초년생들에겐 밥을 사 먹고 집세를 내는 것조차 정말 어려운 일이 됐다. 요새는 취업시장뿐 아니라 알바시장까지 꽁꽁 얼어붙었다. 유동성이 넘치는 저금리 시대, 집값은 천정부지로 치솟아 내 집

프롤로그

마련은 감히 꿈도 못 꾸게 되었다. 몇 년을 고생해 겨우 취직을 해도 잘려 나가는 선배들을 보며 다음은 내 차례가 아닌가 싶어진다. 그래서 다들 '성공'보다는 '워라밸'에, '승진'보다는 '주식'에 목숨 거는 걸까?

어쩌면 이건 사회 초년생만의 이야기는 아닐지도 모른다. 지금 같은 시기에 매일 행복해하며 웃을 수 있는 사람이 어디 있을까? 우리는 힘든 시기를 통과하고 있다. 그리고 정말 애써, 최선을 다하며 주어진 인생을 살아내고 있다.

영웅이지만 영웅임을 깨닫지 못한 당신을 응원하기 위해 책을 썼다. 우리는 모두 행복할 권리가 있는 영웅이다. 나만 힘든 거 아니고, 나만 못하는 거 아니다. 이 각박하고 험난한 세상 속에서 이미 너무 잘하고 있고, 분명히 앞으로도 그럴 거다.

오느리는 누구인가

아마 많은 분들이 알고 있겠지만 오늘의 행복을 꿈꾸는 사회 초년생 '오느리'는 CJ ENM에서 2018년에 시작한 신규 사업이다. 사실 처음에는 많은 동료분들이 함께 꾸려나갔던 캐릭터였는데 모두가 본업이 있는 상태에서 오느리를 TF처럼 맡다 보니 캐릭터가 잘 살지 못한 점이 있었고, 매출도 아예 없었다. 그래서 오느리를 시작하고 몇 개월 뒤에 팀장님이 내게 '오느리를 혼자 맡아서 살아있는 캐릭터로 만들어보라'고 했다.

나는 글을 쓰고 영상을 만드는 것은 좋아했지만 사실 캐릭터에 대해서는 아는 바가 없었다. 그래서 무작정 내 영혼을 불어넣기 시작했다. 그렇게 살려낸 게 지금의 오느리가 되었다.

사실은 내가 처음부터 오느리에게 애정이 있었던 것은 아니었다. 우리는 아무래도 영상이 주력인 방송국이라 다들 오느리에 별로 관심이 없었다. 그런데 내가 맡고 얼마 되지 않아 조직개편이 이뤄졌고, 당시 매출이 없었던 오느리가 없어질 위기에 처했다. 거의 모두가 오느리를 포기하라고 했다. 그런데 그렇게 되면 내가 내 손으로 뽑았던 일러스트레이터 후배들이 일을 잃게

 # 프롤로그

될 수도 있었다. 그래서 그걸 막고자 며칠 밤을 새고 PPT를 만들어 오느리의 가능성에 대해 피력했다. 여태 한 푼도 못 벌었으면서 1년 안에 7천만 원을 벌겠다고 했다. 사실 그때는 '내가 진짜 이걸 해낼 수 있다고? 나는 미친 사람이야!'라고 생각했다.

다행히 3개월이라는 유예기간을 받아낸 나는 매일 야근을 하며 1일 1에피소드를 뽑아냈다. 뇌가 너덜너덜해지는 느낌이었다. 광고는 제안이 들어오는 족족 다 했다. 결국에는 매출이고 목표 조회 수고 오기로 다 해내긴 했다. 그런 우여곡절을 겪다 보니 이제는 오느리에 큰 애정을 가지고 키우고 있다.

오느리는 아직 갈 길이 멀지만, 내겐 항상 감사한 분들이 있다. 오느리의 대장님이자 늘 관심과 응원을 아끼지 않으시는 김석현 상무님, 오느리가 난관에 부딪혔을 때마다 도와주시는 정동수 상무님, 오느리를 맡겨주시고 응원해 주시는 김정운 팀장님, 어려운 정산 작업을 도와주시는 인현 님, 그리고 웹툰과 애니메이션 등 거의 모든 작업을 함께하는 하영 님과 담비 님, 그 외에 도움을 주시는 선후배, 동료분들께 감사드린다. 마지막으로 오느리를 항상 아껴주시는 우리 독자님들께 제일 감사드린다.

1장

**폭풍 같은 세상에서
나를 지켜내야 할 때가 있다**

누군가 때문에
마음이 너무 힘들 때

내 마음의 양이 100인데
누군가를 미워하는 데 100을 다 쓴다면

정작 내가 신경써야 할 사람들에겐
전혀 신경쓰지 못한다.

때론 모든 관계가 영원할 것처럼
느껴지지만, 영원한 건 아무것도 없다.

내가 미워하는 사람도
금방 내 인생에서 사라질 테고

내가 사랑하는 사람도
영원히 내 곁에 머무를 수 없다.

너무 보고 싶지만
이젠 연락할 수도 없어.

그러니 쓸데없는 사람들을 생각하느라
내 마음과 에너지를 낭비하지 말자.

누군가를 미워할
시간이 어딨겠어.

1장. 폭풍 같은 세상에서
나를 지켜내야 할 때가 있다

un.j_** 혐, 오늘 남자친구랑 이런 얘기 했었는데 느리님 말씀이 맞는 거 같아요.
남자친구도 저렇게 말했거든요. 제가 싫어하는 사람에게 신경을 쓸 시
간에 제가 좋아하는 사람들에게 신경 쓰라고. 그러기에도 모자란 시간
들이라고. 소름…. 여전히 느리님의 글들은 정말 너무 마음에 와닿습니다.
앞으로도 공감되는 글 많이 써주세요.

soung2** 나 진짜 자까님 사랑하는 거 같아. 지금 마음이 딱 이 마음인데.

2

삶을 다 포기하고
싶을 때

직장 내 괴롭힘
대처하는 법

대학병원 10년 차 간호사입니다.
저도 신규 때 직장 내 괴롭힘(태움) 많이 당했습니다.

린넨 개수 안 맞는다고
퇴근하는 사람 불러다가
차트 판 모서리로 정수리 가격

오늘의 사연
주인공

야야 너 숨은 왜 쉬어?
암 걸렸으면 좋겠어!

여러 명이 한 명 왕따시키고

아 쟤 왜 사냐?

나 같으면
쪽팔려서 그만둔다.

걸어가기만 해도
뒤에서 다 들리게 낄낄대기도…

안 그래도 극도의 긴장감 속에서 일을 하는데
태움까지 다 당하기엔 정말 너무 힘들더군요.

내 손에 생명이 달렸는데
병원에선 제대로
교육해주지도 않아.

매일 초과근무를 하고 녹초가 되어
집에 돌아오는데도 늘 불면증에 시달렸습니다.

어느 날부터 출근하려 하면
숨이 안 쉬어져 병원에 갔습니다.

숨을 못 쉬겠어요.

불안장애입니다.
약을 처방해드릴게요.

많이 힘드신가 봐요.

1장. 폭풍 같은 세상에서
나를 지켜내야 할 때가 있다

그렇게 버텨 결국 10년 차가 되었습니다.

무조건 쌈닭처럼 싸우라는 게 아닙니다.
부당한 것엔 아니라고 당당히 소리 내고
잘못된 것엔 잘못됐다고 말을 하십시오.

처음엔 "어떻게 말하지??" 하시겠지만
한마디씩이라도 내뱉다 보면 나중엔 술술 나옵니다.

뒤에서 비웃는 거
하지 말아 주세요.

절반이라도 내 의견을 전달하고 나면
속이 후련합니다.

hee00h**
정말입니다. 저 24살 때 첫 직장에서 스트레스 땜에 고혈압 와서 어지러워서 풀푹 쓰러지고 결국 고혈압 약 복용했어요. 거기다 턱관절까지 와서 음식을 씹지도 못했답니다! 딱 1년만 버티고 사직서 던졌습니다. 진짜 거짓말같이 혈압도 내려가고 턱도 멀쩡해지더라고요. 그 덕에 1년 넘게 일자리 못 구해서 백수 노릇 했지만 후회는 없어요. 건강만큼 중요한 건 세상에 없다는 거, 그거 하나 뼈저리게 느끼고선 직장 고르는 눈이 바뀌었답니다!

hestiami**
오늘도 퇴근하고 방에 누워 이 만화를 보는데 갑자기 눈물이 나네요. 오느리 님 감사합니다.

3

내가 감정 쓰레기통이란 걸
깨달았을 때

대학 시절, 친했던 친구가 있었다.

그런데 그 친구는 남자친구랑 싸우면
항상 내게 카톡과 전화를 두 시간씩 했다.

들어보면 남자친구가 잘못한 건 맞았다.

속상하겠다.
남자친구가 백번 잘못했네.
그냥 헤어져. 세상에 좋은 남자 많아!

그치? 나빴지!!
나 지금 헤어지자고
할 거야. 말리지 마!!

씩씩

그런데 다음날 카톡 프사를 보면

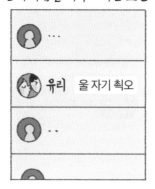

··

유리   울 자기 췩오

··

이럴 거면 왜 나한테 굳이
상담을 했냐???

그런데 진짜 문제는 그 친구는
정작 내가 필요할 땐 자리에 없었다는 것이다.

사실 나도 혼자서 감당하기 힘들 땐
누군가에게 감정을 털어놓았던 적이 많다.

나 진짜 너무 힘들어.

흑, 그거 뭔지 알아.

짠 하자.

너도 힘든 일 있었구나.
털어놔.

그 친구와 달랐던 점은
그게 일방적이지 않았다는 것이다.

일방적인 관계는 결코 오래갈 수 없다.

내가 노력할게.

내가 더 잘할게. 항상 고마워.

가까운 사이일수록
더 노력해야 함을 잊지 말아야지.

happy_shin** 저도 한 5년을 친하게 지냈던 동생이 있었는데 시간이 지나면 지날수록 자기 힘들 때만 연락하고 찾길래 나를 감정 쓰레기통으로 생각하는 걸 알게 되었어요. 그래서 스트레스 많이 받다가 싸우고 연락 끊고 이제 안 봐요.

eunmi88** 와~ 맞아요ㅜㅜ 저는 요즘 넘 힘든데도 나름 긍정적으로 살려고 하는데 제 주위 사람들이 엄청 힘들어해서 같이 힘듦….
그래도 오느리 님 툰 보고 힘내고 갑니다!♥

자존감이 하염없이
낮아졌을 때

자존감이 낮은 사람들은
'나'보다 '남'을 더 위하는 경향이 있다고 한다.

자신

타인

나한테는
소홀하면서

나를 돌보는 것은 뒤로한 채
남을 더 우선시하는 나.

예를 들어 타인이 실수를 하면
괜찮다고 토닥여주지만

죄송해요.
제가 실수를…

괜찮아요,
누구나
실수는 하는 걸요.

집에 혼자 있을 땐 라면을 먹으면서
친구가 오면 감바스를 해주는 것처럼

그렇게 자기 자신을 귀하게 여기지 않으면
자존감은 점점 더 떨어진다고 한다.

doraemong80**   나도 그래요. 남이 실수하면 그럴 수 있지 하면서 내가 실수하면 나가 죽어야지 이런 타입. 그런데 속에서 내가 울고 있는 걸 발견하게 될 때가 있더라고요. 나도 귀한 사람인데⋯. 작가님도 더 많이 자길 사랑하시길 바라용!❤

seiac**   정말 너무 제 자신의 모습이어서 진심으로 움찔했어요. 작가님ㅠㅠ❤ 늘 다른 사람 걱정에, 다른 사람만을 바라보고 있는 것 같은데⋯. 좀 어려운 것 같아요. 내 자신이 소중한데 그걸 잘 못 챙기겠어요. 마음을 간질간질하게 만들어주신 작가님 감사해요!❤

취준생이라는 신분이
너무 버거울 때

취준생 시절, 나는 취준생이라는 이유로
먹고 싶은 게 생겨도 나중으로 미뤘고

외식은 무슨. 취직하면 가자.
지금은 컵라면이나 먹자.

ＯＯ갈비

꼬르륵

입고 싶은 옷이 생겨도 나중으로 미뤘다.

취준생 주제에 무슨 옷
타령이야. 나중에 취업하면
진짜 예쁜 옷 사야지.

맛있는 거 먹고 예쁜 옷 입는 건 나중에 하자.
지금은 취직이 우선이야.

얼른 취직하고 싶다.

하지만 지금 돌이켜보면
취준생도 그냥 내 인생의 한 부분일 뿐이고

1장. 폭풍 같은 세상에서
나를 지켜내야 할 때가 있다

나는 나 행복하려고 인생을 사는 건데
그때는 왜 그렇게 내 행복을 등한시했었나 싶다.

먹고 싶은 거 참고 입고 싶은 거 참는다고
취업하는 것도 아닌데 말이다.

맛있는 거 먹고
더 열심히 했으면 됐는데.

취준하는 동안에도 맛있는 것 많이 먹고
입고 싶은 옷이 있으면 입었으면 좋겠다.

그리고 때로는 취업이 아닌
다른 작은 목표를 정해서 성취도 해봤으면.

jin11**   진짜 감사해요ㅠㅠ 보다가 울컥했어요. 취준생이라는 이유로 자신을
            눌러 왔었는데, 저를 더 아껴주고 하고 싶은 것도 조금씩 시도해볼 수 있
            는 용기를 주서서 감사해요.

eunji36**   공감되는 글이네요…. 저는 작년에 8개월 정도 일하다가 공황장애
            랑 우울증이 생겼는데 갑자기 심해져서 일 그만두고 지금까지 치료받
            고 있어요. 일을 구해야지 생각하는데 코로나로 인해 일도 못 구하고
            가족들 눈치도 보이고 나이는 20대 마지막이니까 제 자신이 너무 싫
            은 느낌이 들었어요. 그래도 좋은 날이 올 거라고 생각하고 우리 모두 힘
            내요!

진심 없는 사람에게
진심을 쏟았을 때

나는 가까운 사람들을 잘 챙기는 편이다.

너 감기 기운 있다고 했지?
오는 길에 약 사 왔어.

안 그래도 정말
필요했는데…

딱히 뭔가를 바라고 하는 것은 아니고
누군가 좋아하는 모습을 바라보는 것이 좋다.

네가 약 사다 줘서 그런지
벌써 다 나은 거 같아~~

정말? ㅎㅎ

그리고 대부분은
서로 상승작용이 되어 사이가 깊어진다.

하지만 때로는 그걸
악용하는 사람들도 있다.

soung2**   맞아요. 정말 인생은 짧고, 좋은 인연 좋은 추억 만들기에도 시간은 정말 부족한 것 같아요. 항상 저에게 깨달음을 주셔서 감사합니다. 저에게 정말 좋은 영향을 많이 주시는 것 같아요.

fil10**   작가님 말씀이 제가 항상 되뇌는 말이에요. 너무 똑같아서 소름이…. 정말이지 나를 함부로 대하는 사람하고는 1분 1초도 아깝습니다. 우리 상처 받지 말아요!♥

미래가
불안하고 두려울 때

어떤 때는 정말 되는 일이 하나도 없는
엉망진창인 날도 있다.

내 인생만
이렇게 힘들까?

내일은 어찌 될까?
왜 이리 불안할까?

이제는 인생이란 게 원래 그렇게
좋을 때도 나쁠 때도 있다는 걸 받아들이게 됐다.

오늘이 정말 나쁜 날이었으면
앞으론 더 좋아질 날만 남은 거니까.

조금 들뜬 날에는 칭찬을,
힘든 날에는 내게 격려를 해주는 것이다.

나 자신에
집중할래.

자기 전에 아끼는 영상을 볼 수도 있고

오늘은 정말 기분 좋은 날이었지!
최애 드라마 보면서 잘래~

너무 좋아서 눈물 나.

야식으로 쫄깃한 비빔면을 먹을 수도 있다.

오늘 너무
힘든 날이었겠다.

고생했어. 매콤한 거
먹으면서 힐링하자!

그렇게 내가 좋아하는 일을 하면서
세상 속에서 이리저리 흔들린 스스로를
차분히 돌아보곤 한다.

어떤 하루가 와도

내가 좋아하는 일로
하루를 마무리할 수 있는 걸.

1장. 폭풍 같은 세상에서
나를 지켜내야 할 때가 있다

오늘도 잘 견뎌냈어, 내 편.

ey_kim07**   오느리 님의 그림과 이야기에 눈물이 나요. 따뜻하게 위로해주셔
              서 감사합니다.

hyowonye**   감사합니다 :) 유독 오늘이 이런 날이네요. 땅굴을 파고 들어가는
              것처럼 일이 꼬이는 날이라 할까요. 글과 그림이 위로가 됩니다.

8

자꾸 실수하는 모습에
자책하게 될 때

예전의 나는 작은 실수에도
나 자신을 용서하지 못했던 것 같다.

왜 난 맨날
실수하냐고.

난 바보야.

예를 들어 커피 같은 걸
잘못 건드려 쏟았을 때.

악!! 커피 쏟았어? 나 왜 이래.
진짜 오늘 되는 일이 하나도 없네.

하면서 끝없이 자책하고 울적해하곤 했다.
생각해보면 별일도 아닌데.

바닥에 물이 유수풀처럼 흐르는 걸 보고
잠깐 멍 때리다가 황급하게 달려가 세탁기를 껐다.

확인해보니 세탁망 천 고리가 문 사이에 끼어서
헹굼 단계에서 그 틈으로 물이 쏟아진 것이다.

죄송함다!

흠, 범인은
너였구나.

근데 신기하게도 내가 떠올린 생각은
그냥 '어이쿠 닦아야겠네.'였고

있는 수건을 다 꺼내와서 닦아내고
세탁기를 다시 돌렸다.

이건 딱히 큰 잘못도 아니었고
물은 닦으면 되는 거였으니까.

틈 사이에
뭐가 껴있는 줄
누가 알았겠어.

그리고
세탁기 다시
돌리면 되지!

원래 같았으면 하루 종일 괴로워했을 텐데

아까 뿌링클 치킨과 치즈볼을
배불리 먹은 상태여서인지

난 매우르면
기분이 좋아져.

회사에서 끊임없는 스트레스를
받아서 감정이 무뎌져서인지

너무야미터울...

정확히 무엇 땜에 이렇게 된지는 모르겠지만 말이다.

eunyoung_08**   정말 사회 초년생인 제가 너무 공감하는 글이에요. 실수만 하면 걱정이고 '나는 왜 이럴까?'라는 생각만 들어요.

jin_hh**   오늘 이야기는 정말 와닿네요ㅠ 내용이 완전 공감돼서 '저거 난가?'이랬는데 마무리를 예쁘게 해주셔서 제 맘도 편안해졌어요. :) 항상 잘 보고 있습니다. :-)

나보다 나를 더 믿어주는
친구가 있다면

어느 날 새벽, 임용고시를 2주 앞둔
베프에게서 연락이 왔다.

느리야,
나 너무 힘들어ㅠㅠ

시험은 2주 남았는데
공부가 손에 하나도 안 잡혀.

나 정말 바보 같지.
유치원 교사 할 자격도 없나 봐.

친구는 시험을 앞두고
부담감에 너무 힘들어한 것이다.

무슨 말을 해줘야 할지 고민하다가
말을 꺼냈다.

그 부담감
뭔지 정말 알 거 같아.

이건 일생일대의 시험이잖아.
오히려 안 부담스러우면
그게 이상한 거 아냐?

그렇게 친구는 마음을 다잡았고
임용고시를 패스했다.

합...합격!!!!!

지금은 어엿한 교사가 되어
애기들과 행복한 시간을 보내고 있다.

성생님!!!!
아코 복도에 똥 쌌다요!!!!

응, 그런 거
놀리는 거
아니에요~

뿌에엥

이너 피스...

1장. 폭풍 같은 세상에서
나를 지켜내야 할 때가 있다

ssime**   오느리 님, 처음 댓글 달아봐요. 너무 가슴 따뜻해지는 에피소드예요. 제가 다 위로받는 느낌. 위로가 되는 만화 그려주셔서 너무 감사합니다. 저도 주변의 힘들어하는 누군가에게 저런 따뜻한 말을 건넬 수 있길 바라게 되네요.♥

leeeeeeejiiinn**   우와! 작가님 최고의 친구네요. 사실 시험 준비하면 본인이 자기 자신을 못 믿는 마음을 대부분 가지고 있고 거기에 가족이나 친구 등 주변 지인이 "네가?" 이런 시선으로 보는 경우도 많아서 정말 외롭거든요. 작가님 같은 친구가 있어서 친구분이 정말 위안 얻고 불안감 내려두고 공부하셨던 거 같아요.

누군가와의 영원한 이별을
받아들이기 힘들 때

런던 출장 때, 히드로 공항에 도착해
한밤중에 숙소로 향하는 길이었다.

한 비행기가 멀리서부터 반짝이며
천천히 오는가 싶었다.

그런데 조금 더 가까이 오자
굉음을 내며 쏜살같이 지나가버렸다.

왠지 아쉬운 마음이 들어 걸음을 멈추고
멀어지는 비행기를 하염없이 바라봤다.

그러다 그 반짝이던 점이
어느 순간 보이지 않았다.

1장. 폭풍 같은 세상에서
나를 지켜내야 할 때가 있다

문득 이별이란 것도
그렇지 않을까 생각이 들었다.

우리는 살면서 그 누구와도
반드시 영원의 이별을 하게 된다.

마찬가지로 내 눈에 보이지 않는다고 해서
그 존재가 없어지는 건 아닐 것이다.

분명 내가 모르는 어떤 곳에서
잘 살아가고 있으리.

2장

남의 돈 버는 건
정말 어렵다

통장에 30억쯤 있어서
일이 취미가 된다면?

2장. 남의 돈 버는 건
정말 어렵다

---

hyey8**	30억! 생각만 해도 기분이 좋은데요! 일단 광교지구에 10억 정도 되는 아파트 한 채를 사고! 벤츠 사고! 차량 유지비랑 생활비 겸 10억 빼고 나머지 엄마 드릴래요. 늘 가족 위해서 고생하시는 엄마를 위해 10억 쓸게, 엄마! 생각만 해도 힝···. 이런 행복한 상상 하게 해주셔서 감사합니다.

byunghyun**	30억이 있다면 투자를 해야죠. 제가 아는 분 중에 오느리 작가님이라고 계시는데···.

2

커리어우먼의
실체

취준생 시절,
나는 이런 상상을 하곤 했다.

지각이나 안 하면 다행

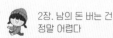

2장. 남의 돈 버는 건
정말 어렵다

어디서나 까먹는 나

fly_kimye**   간만에 인스타 보다가 육성으로 빵터졌네.ㅋㅋㅋㅋㅋ
　　　　　　　　　　　　공감1000000000%♥

ddabbon**   중국어 회화, 내 로망이었는데⋯. 현실은 맥주 먹고 드르렁푸르렁
　　　　　　　　　　　　하기 바쁘네.

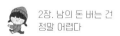
2장. 남의 돈 버는 건
정말 어렵다

3

인사팀이 연차를
더 넣어줬으면 좋겠다

그리고 인사팀이 나한테 이렇게
협박했으면 좋겠다.

한 달 안에
연차 20일 다 못 쓰면
다음 달엔
30일을 더 넣을 거야!!!

아잉   아잉

울며불며 겨우겨우 20일을 다 썼는데

웰컴 투 파리

회사 포털에 연차가 30일 더 들어온 걸 보고

잔여 연차 30일

헉!!

날 속였어?!! 하며
울면서 땅치고 싶다.

Let's go to L.A.

2장. 남의 돈 버는 건
정말 어렵다

tsomogram**   ㅋㅋㅋ 정말 이거 단체방에 올리고 싶다. 그리고 인사팀이 봤으
면 좋겠다. 그리고 내게 연차 20일 줬으면 좋겠다. 현실은 지
금 -2일ㅠㅠ

audtjs**   ㅋㅋㅋ 이 글을 인사팀이 싫어합니다. 저는 개좋아합니다. ㅋㅋㅋ

회사를
오래 다닐 수 있는 방법

신입사원분들
보세요!

1. 첫날부터 일을 잘했던 신입은 없었다.

2. 내가 잘못하는 만큼 남들도 잘못을 한다.

3. 생각보다 사람들은 나에게 관심이 없다.

4. 내가 내 편을 안 들어주면 내 편 들어줄 사람 없다.

유일한 내 편인 '나'를 미워하지 말자.

5. 진짜 내 삶은 회사 밖에 있다.

이를테면 새소리를 틀어놓고
하는 아침 명상이나

맛있는 아이스 라떼 한잔

선선한 저녁에 자전거 타기

고양이 브이로그 보기

6. 평생 이 회사만 다녀야 하는 건 아니다.

유튜버가 될 수도 있고

구글에 입사할 수도 있지.

언제든 퇴사할 수 있다는 거~

♥ ○ ◁

dk_charact**   작가님이 저에게 힘이 되네요! 이직한 지 얼마 안 되어서 업무
내내 실수할까 봐 긴장하는 하루라서 그런가 봐요.

ung_0**   엄청 많이 공감합니다. 괜히 다른 사람 의식 하지 말고 본인의 의식대
로 하는 게 좋은 거 같아요.

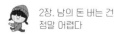

2장. 남의 돈 버는 건
정말 어렵다

5

내 세상이
무너졌어

술로도 내 마음을
달랠 수가 없어.

너무 힘들어.
지금도 울고 있어.

나 대체 뭘 어떡해야 해?

보고 싶다. 24시간
누워만 있어도 되는 일요일.

난 주말에 누워있는 게
제일 좋더라. 헤헤!

일요일. 너무너무 그리워.
내 목숨을 가져가도 좋아.

샷 업 앤
테익 마 목숨!!

제발 일요일 돌아와 줘.

나랑 같이 회사 폭파시킬 사람.

2장. 남의 돈 버는 건
정말 어렵다

soosena__cs**   ㅋㅋㅋ 유명한 글짤 생각하면서 읽었어요. ㅋㅋ 역시 작가님
                 센스 짱!

hawaiian_josh** 정말 같은 직장인으로서 느리님 그림 덕분에 혼자가 아니라
                 는 생각 수백 번x100 했어요. 너무 위로됐구요. 파이팅이에
                 요, 느리님!

직장인의
5대 허언

min_0_l** 　점심엔 회사 사람들 불편해서 체하니까 적게 먹고 퇴근하니까 식욕
　　　　　돋아서 맨날 배민ㅋㅋ 공감되네요.

jeongeunju99** 　도대체 왜 딱 제 맘 상태인 거죠? 너무 똑같아서 역쉬 직장
　　　　　인들은 같은 맘이구나 느낍니다.

회사에 가기 싫을 때
마음 다스리는 방법

난 회사가
참 좋아!

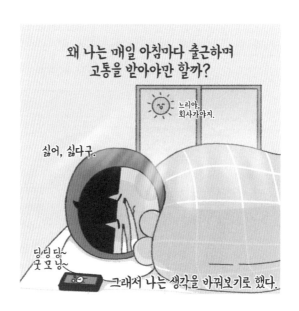

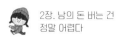
2장. 남의 돈 버는 건
정말 어렵다

점심으로는 무조건 맛있는 걸 먹는다.
내 소확행이니까♡

1주일 1마라탕
필수라구~

점심 식사 후에는 소화할 겸
PC방 근처 올리브영에 산책을 가곤 한다.

VIP님 적립하시겠어요?

번호로
할게요^^

크

스킨

세일할 땐
쇼핑은 덤~

어느새
올영 VIP~

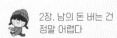

sj_12.**   ㅋㅋ 와 이런 방법이…. 공짜로 피시방 갔는데 매달 돈도 넣어주네요.
저도 내일부터는 돈 받는 피시방으로 출근 말고 놀러가야겠어요. ㅋㅋ

colors_in_my_wor**   피시방인데 뭔가 불편하더라구요.

가족 같은 회사
다닌 썰

저는 사회 초년생 직장인입니다.
설레는 맘으로 직장 생활을 시작했죠.

내 밥벌이는
내가 한다!

화이팅!!

그런데 일이 너무 많아서
하루도 야근을 안 하는 날이 없었어요.

하, 제발
집 좀 가고 싶다.

하루라도 정퇴하는 게
소원이었습니다.

그런데 매일같이 야근을 해도
좀처럼 일이 줄지 않았습니다.

그런데 얼마 전,
드디어 '연봉 협상의 날'이었습니다.

 2장. 남의 돈 버는 건
정말 어렵다

우린 정 많고, 계산적이지 않은
가.족 같은 회사잖아요!

ripple_19** 가족 같은 회사 혹은 가족이 운영하는 회사는 절대 가면 안 됩니다. 연봉협상이라고 불러 놓고, 그냥 통보. 그리고 인상된 적도 거의 없고, 심지어 인사평가로 삭감된 적이 있는데 도대체 무슨 기준으로 뭘 평가한 건지 얘기도 안 해줬죠. 매일 야근하면서 성실히 일한 결과가 임금 삭감. 지금이야 퇴사했지만 이걸 보니 오랜만에 생각나네요.

ggiyea** 너무 인정합니다! 가족이면 정시 전에 힘들게 일하지 말라고 보내지, 야근시키지 않아요.

9

정년퇴직한 선배가
후배에게 꼭 하고 싶었던 말

오느리 님의 직장 생활 그림을 보며
제 옛날을 추억하곤 합니다.

여보~
또 그 만화 봐요?

우리 딸내미들 같잖아.
나 옛날 생각도 나고~

(흐뭇)

어느 날은 퇴근하고 무거운 발걸음으로
돌아와 밤새 속타고 울었던 적도 있고

하... 그만하고 싶다.

큰 프로젝트가 성공해서
상사랑 목이 터져라 소리 질렀던 적도 있었죠.

아, 주 6일 출근을 하다가 주 5일제가 된다고
하자 나도 모르게 콧노래가 나오던 때도 있었네요.

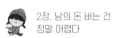
2장. 남의 돈 버는 건
정말 어렵다

하지만 전 이젠 더 이상 일할 수 없고,
추억과 아쉬움 그리고 무기력만이 앞에 놓여 있었습니다.

그렇다고 그 시절로 돌아가고 싶냐고 묻는다면
꼭 그런 것은 아닙니다.

다만 힘든 세상을 살아내고 있는 청춘들에게
지금도 너무 잘하고 있다고 말해주고 싶고

아무리 힘든 일도 결국엔 다 지나가니,
스스로에게만 가혹한 그 마음을 조금은 내려놓고
살아가도 괜찮다고 말해주고 싶습니다.

 2장. 남의 돈 버는 건
정말 어렵다

whyso_serious_p**　　　매일 야근에 일요일 휴무. 오늘도 방금 회사 호출로 출근
　　　　　　　　　　했다가 집에 와서 '앞으로 계속 해야 하나? 내가 꼭
　　　　　　　　　　참고 일을 해야 하나?' 수많은 생각에 힘들었는데. 답
　　　　　　　　　　은 없지만 그래도 위로와 격려를 받은 느낌이 드네요. 진
　　　　　　　　　　심으로 감사합니다.

addy_ateli**　　　눈물이 났어요. 힘든데 누구 한 사람 잘하고 있다고 걱정 말라고
　　　　　　　해주는 사람이 없어서요. 나는 내가 잘하고 있는 걸 알고 있어도
　　　　　　　가끔씩 먹먹해질 때가 있잖아요.

당신의 퇴사는
옳다

저는 이미 일어난 퇴사는
모두 옳다고 생각해요.

다신 되돌릴 수 없으니까 후회할 필요도 없죠.

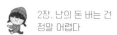

마찬가지로 여행 갈 때 항공권 구입을 하고 나면
다시 항공권 사이트에 들어가지 말라고들 하죠.

항공권
최저가 떴다.

안 사요~

안 들려~

가격이 오르건 떨어지건 이젠 돌릴 수 없으니까요.

물론 회사는 좋기만 한 곳은 있을 수가 없고
장점과 단점이 공존할 수밖에 없겠죠?

동료는 좋은데
월급이 쥐꼬리거나

돈은 많이 주는데
동료가 별로거나

월급도 쥐꼬린데
동료도 개 같거ㄴ

흠…

하지만 단점이 내 기준에 너무 크리티컬하다면
더 나은 직장을 찾아야죠.

그냥 무조건 참고 견디다가는
가장 소중한 내 몸과 마음이 성치 않을 겁니다.

그렇게 견디다가 우울증에
공황장애까지 겪는 분들을 봤어요.

경력이 모든 걸
보상해 주지 않습니다.

'퇴사할 정도'라는 그 기준은 사람마다 다르기에
본인이 결정할 수밖에 없습니다.

더 이상 그런 말 듣고 싶지 않아요.
저 퇴사하겠습니다.

우린 그냥 친해지려고
농담한 거지~

듣는 제가 기분 나쁜데
그게 농담인가요?

2장. 남의 돈 버는 건
정말 어렵다

대신 무작정 퇴사하기보다는 '앞으로 어떤 일을 할지'
어느 정도 정해놓고 나오시는 것을 추천드립니다.

토익 시험도 보고 자격증도 따서
OO전문가가 되어야지!

이미 퇴사를 했더라도
과거에 연연하기보다는
앞으로 내가 할 일에 집중해요!

3장

[사연툰 모음]
그래도 인생엔 포근한 순간도 있다

아버지의
마지막 목소리

저는 일 때문에 해외에서 10년을
가족과 떨어져 살았던 사람입니다.

저와 아버지는 둘 다 워낙 무뚝뚝한 편이라
서로 연락을 잘 하지 않았어요.

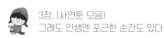

그런데 제가 해외로 가고 4년 후
아버지가 간암 2기 판정을 받으셨습니다.

괜… 찮을 거야.

2기는 수술하면 깨끗하게 낫는다는
말을 믿으며 마음의 짐을 덜어냈습니다.

그런데 어느 날 웬일로 아버지께 페이스톡이 왔고,
이건 꼭 받아야겠다는 생각이 들었습니다.

우리 딸
보고 싶어서.

저도…
보고 싶어요.

그리고 그 통화가
아버지의 마지막 목소리가 되었습니다.

그 후 아버지는 후두암 4기로 성대와 식도를 제거하는
수술을 수차례 받으시고 말을 못 하게 되셨어요.

아흑 아버지…
그래서 전화를…

큰 수술 직후 제 생일날 잘 움직이지도
않는 손으로 문자를 보내셨더라고요.

아버지…

아버지
우리 딸
생일 축하한다

맞춤법도 맞지 않은 이 문자가
어찌나 절 울게 만들던지요.

3장. [사연툰 모음]
그래도 인생엔 포근한 순간도 있다

알고 보니 아버지가 수술 후에
처음으로 건넨 말이 이거였다고 하더라고요.

생사를 넘나드는 상황에도
아버지는 저만 생각하고 계셨던 겁니다.

아버지의 진심을 깨닫고
회사를 그만두고 한국으로 귀국했습니다.

나중에 후회하기 정말 싫었거든요.

비록 30대에 백수가 되어버렸지만
매일 아버지 곁을 지킬 수 있어 정말 행복합니다.

che_che09**   그려주실 줄 몰랐어요. 진짜 정말 감사합니다. 아빠께 그림과
                모든 분들의 따뜻한 댓글을 보여드렸더니 방긋 웃으시면서 오늘 저
                녁을 정말 맛있게 다 비우셨습니다! 항상 밥을 남기시는지라 다
                비우시는 일은 정말 드뭅니다. 말씀을 못하시는 대신 행동으로 기
                분을 나타내시거든요. 진짜 정말 감사합니다. 아버지는 건강
                잘 회복하시고 본인도 노력하고 계십니다. 저도 늘 감사한 마음
                으로 살겠습니다! 다시 한 번 감사합니다!

0427_e**   저희 엄마는 "알았다"를 → "알" → "R"이라고 답장 주시는데
                감동적이면서 깨알 공감되네요!

아파도
참아야 하는 이유

저는 얼마 전 대구의 한 병원에서
물리치료학과 실습을 했습니다.

사연자

아가씨!
빨리 와서 이거 떼!!!

아..

아니 됐고!!
다른 선생님 데리고 와!

몇몇 분들의 무시하는 발언으로
실습은 정말 쉽지 않았죠.

너무 바쁜 나머지
한 달 만에 겨우 본가에 갈 수 있었어요.

할머니!!

엄마!!! 아빠!!!

우리 강아지 왔어!

병원 실습 잘하고 있어~?
에구 얼굴이 핼쑥해졌어!

3장. [사연툰 모음]
그래도 인생엔 포근한 순간도 있다

그런데 할머니 팔에
큰 밴드가 붙어 있었습니다.

할머니 팔에 밴드는 뭐야?

아, 응. 이거~ 얼마 전에 할미가
감기 때문에 링거 맞으러 병원 갔었어.

며칠 전

할머니~ 링거 놔드릴게요!

긴장

네~

헉!! 어떡해!! 피가···

할머니 정말 죄송해요!!!
제가 오늘이 처음이라 ㅠㅠ

간호사분이 아직 서투르셨는지
피가 엄청 났다고 하더라고요.

3장. [사연툰 모음]
그래도 인생엔 포근한 순간도 있다

그 얘기를 듣자마자 눈물이 핑 돌았어요.

우리 강아지
생각나서~

아흑. 내가 병원에서 힘들까 봐
할머니가 한마디도 못하셨구나.

할머니! 피 많이 나면
얘기해야지이!

아이구
얘가 왜이래~

꼬옥

민망한 마음에 이렇게
말을 돌리고 말았네요.

damhee_da** 형 눈물 나요. 진짜 좋은 어른이시네요. 우리 할머니 보고 싶
다….

sapphire02pa** 물리치료사님 사연이었군요. 병원에 가서 진료 기다려 보니
치료사님이나 간호사님들께서도 어려운 공부를 하셨고 같은
의료진인데 의사의 보조 역할로만 아시고 심지어 의료 관련
서비스 직종으로 치부해버리는…. 그래도 밝게 웃으시며 우리
를 반기시는 그들이 참 좋습니다. 응원합니다!

3장. [사연툰 모음]
그래도 인생엔 포근한 순간도 있다

3

취준하는데
직장인 친구가 자꾸 온다

그런데 밥을 먹고 더치페이를 하자고 해도
기어코 밥을 계속 자기가 사더라고요.

언어먹기 미안해서 밥을 일찍 먹었다고 하면
커피만 놓고 가기도 하고요.

그런데 사실은 늘 혼자 독서실 벽만 바라보다가
친구가 와서야 좀 사람답게 살았던 것 같아요.

있잖아. 나 오늘
처음 말해봐.

하고 싶은 말
다 털어놔!

그게···

긴 취준생활에 지쳐 생일도 잊고 살았는데
제가 소중한 사람이란 걸 일깨워주기도 했죠.

카톡!

느리야 태어나줘서
정말 고마워. 태양은
반드시 뜨게 되어 있어.

Twosome

그런 제가 이번에 운 좋게 취업을 하게 되었는데
글쎄 친구가 울려고 하더라고요.

저, 정말?!!!!!

느리야, 흑~

힘들 땐 곁에 있어주고, 좋은 일엔 더 기뻐하는 친구가
얼마나 소중한 존재인지 비로소 깨닫게 되었습니다.

고마워.
나 꼭 보답할게.

에이, 우리 친구잖아♥

본인 직장 생활도 버거웠을 텐데
너무 고맙다고, 다 네 덕분이라고 꼭 얘기하고 싶어요.

♥ ○ ⊲

soo_benef**   우와, 진짜 좋은 친구네요. 독서실에서 공부하다가 왔는데 눈물이
               핑 도네요.

and1_**   저라도 눈물 나요. 제가 뭐 잘한 것도 없는데 취준한다고 계속 도
               와주는 게 누가 눈물이 안 나요….

3장. [사연툰 모음]
그래도 인생엔 포근한 순간도 있다

일하다가
다짜고짜 욕을 먹었습니다

저는 한 카페에서
바리스타로 일하고 있습니다.

제가 만든 음료를 마시며
행복해하는 분들을 보며 자부심을 느껴요.

그런데 어느 날이었습니다.

카라멜 마끼아또~
안 달게~

응~

네? 손님 그럼 시럽
한 번만 넣어드릴까요?

정말 한 번이면 되시는 거죠?

응 그러라고.
두 번 말하게 하지 마.

3장. [사연툰 모음]
그래도 인생엔 포근한 순간도 있다

음료는 바꿔드렸지만 너무너무 속상했습니다.

아, 네 감사합니다.
오늘도 행복한 하루 보내세요~

순간 울컥했습니다.

정말 그날 힘들었던 것들이 다 잊혔고
퇴근 때까지 너무 신나게 일할 수 있었어요.

사람 때문에 힘들었지만
또 사람 때문에
치유받는구나.

가… 감사합니다!

말 한마디가 누군가에겐 천국이 될 수도,
지옥이 될 수도 있다는 걸 깨달았어요.

♥ ◯ ✈

tmdgus32**   퇴근하면서 마무리를 오느리툰으로 했는데 오늘은 출근하면서
             기분 좋게 시작하네요!

leeeunsung88**   그림체도 진짜 귀여워요! 만화의 내용도 감동. 서비스직은 오
                 늘도 이 만화 보고 힘이 납니다. 작가님 만화 잘 봤어요. 오늘
                 도 내일도 매일마다 행복하세요!♥

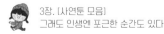

3장. [사연툰 모음]
그래도 인생엔 포근한 순간도 있다

5

편의점에서 일하다
펑펑 울었습니다

하... 진짜...

감사함을 표현하고 싶어서
제 돈으로 커피를 미리 결제해놓고 기다렸습니다.

어느 날은 또 오시더니
초콜릿을 제 손에 우르르 올려 주시는 거예요.

아가, 저번에 이 초콜릿
맛있었다길래 또 주문했어~

(수북)

헉, 절 위해 주문하셨다구요?

사회생활을 하면서 세상이 차갑게만 느껴졌는데
처음으로 따뜻함을 느꼈습니다.

세상은 아직 참 따뜻하구나.

내가 아가라니!
뭔가 보호받는 기분이야.

---

jee**   이거 보니 참 따뜻한 분들도 계시는데… 다 좋을 순 없다지만 오느리툰처
            럼 맘 따수운 분들 많이 계셨으면.

yunsung12**   세상에 저런 분들이 더 많다면 행복하겠죠. 근데 세상에 내
              맘 같지 않은 사람들이 많더라고요. 사소한 거지만 흔치 않은,
              너무 큰 위로가 되는 일상 같아요.

딸 같아서
그랬어

3장. [사연툰 모음]
그래도 인생엔 포근한 순간도 있다

부랴부랴 내린 공터에는 얇은 가로등 하나뿐,
주위에는 아무것도 없었습니다.

어떡하지!
여긴 대체 어디야ㅠ

버스도 더 이상 오지 않았고
저는 혼자 덜덜 떨었습니다.

너무 무서워.

3장. [사연툰 모음]
그래도 인생엔 포근한 순간도 있다

다행히 집에 도착하긴 했는데
생각보다 요금이 많이 나온 거예요.

X만 원이야, 학생.

헉! 저 지갑에
돈이 얼마 없는데.

나머지는 금방
가져올게요 ㅠㅠ

뭐?!!
학생!!!!!!!

혼내줘야겠네??

학생!!!!! 됐어요.
자 여기 5천 원 거슬러줄게.

네? 아니에요.
제가 오히려 더
드려야 하는데…!

5천 원으로
혼내줘야겠어~

아냐, 우리 딸아이도 어디서
이렇게 길 잃고 헤맬 수 있으니깐
딸 같아서 그런 거야.

정말
감사합니다.

비상금은
꼭 있어야 해요.

기사님께서 딸처럼 귀하게 여겨 주셔서
눈물 나게 감사했던 밤이었습니다.

따, 따뜻해!

---

and1_**   이 일 일어났을 때도 울 것 같았는데 오느리툰으로 다시 보니까 더 울 것
            같아요. 감사합니당!!

ssoa**   첫 장면만 보고 나쁜 생각한 저를 반성합니다. 세상엔 좋은 사람도
            참 많은데 말이죠. 퇴근길에 눈물이….

3장. [사연툰 모음]
그래도 인생엔 포근한 순간도 있다

남자친구는
저를 울렸습니다

제 남자친구는 참 투박한 사람이었어요.

오빠! 또 컵라면이야? 차라리 라면이라도 끓여 먹지ㅠㅠ

나 라면도 못 끓이잖아. '똥 손'이라고 ㅋㅋ

속상하게..

라면 하나 못 끓여먹는

그런 남자친구가 제 생일 때 미역국을 끓여주더군요.

갓 지은 밥에

미역국에

계란말이까지

헉 이거 오빠가 다 한 거야?

응ㅋㅋ 맛없으면 어쩌지... 세상 참 오래 살고 볼 일이다. 내가 요리를 하다니.

맛은 없었지만
예쁜 마음씨에 눈물이 났어요.

으앙 뭐야, 오빠~
나 이렇게 울리기야?

미안미안 ㅎㅎ
근데 너 우는 거 귀여워서
계속 울리고 싶은데 ㅎㅎ

사랑해♡

내가
더 사랑해♡

어느 날은 일 끝나고 남자친구네 놀러 갔는데
떨리는 목소리로 김동률의 감사를 불러주더군요.

이제야~ 나 태어난~~
그 이유를 알 것만 같아요~

으앙, 오빠 진짜
왜 이렇게 사람 울려 ㅠㅠ

결혼하자.

그렇게 저희는 얼마 전 결혼을 하게 되었고
저희를 닮은 아기를 기다렸습니다.

그런데 생각지도 못하게
난임 판정을 받았습니다.

3장. [사연툰 모음]
그래도 인생엔 포근한 순간도 있다

그러자 남편이 말했습니다.

여보, 나는 평생 당신만 있으면 돼.
부담 갖지 마. 괜찮아. 다 괜찮아.

저를 항상 더 생각해 주는
남편 덕분에 힘을 내보기로 했어요.

이번에 시험관 2차를 끝내고
배아이식만을 남겨놓고 있습니다.

천천히 와도 좋으니
건강하게 찾아와줬으면 좋겠어요.

오느리 작가님이 난임으로 힘든
다른 분들도 응원해 주시면 좋겠어요.

♥ ○ ◁

---

gyeong_04**　　　너무 예쁘게 그려주셔서 정말 감사합니다. 마지막 장면이 너무
　　　　　　　　 예뻐요!! 이번에 이식했는데 건강한 아기가 찾아와주었으면
　　　　　　　　 좋겠어요. '난임은 있어도 불임은 없다.'라는 말이 있잖아요. 이
　　　　　　　　 렇게 위로해주셔서 고맙습니다.

hyk0208**　　　저도 저희 아들을 만나기 전에 4번 유산했고 임신 기간 동안 누워
　　　　　　　　 있고 입퇴원 반복하며 호르몬주사 맞고 낳았어요. 건강하고 똑
　　　　　　　　 똑하게 잘 자라고 있답니다. 난임의 힘듦을 그 누구보다 잘 알아
　　　　　　　　 요. 사연자 분에게도 이쁜 아가 천사가 꼭 찾아가길 바랍니다!

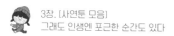　3장. [사연툰 모음]
　　　　　　　　 그래도 인생엔 포근한 순간도 있다

우리 아기가
쓰러졌다고요

그때 자전거를 타던 한 아저씨가 오셔서
저를 살피며 119를 불러주셨어요.

한 아주머니는 저를 아기 안듯 안아주시며
손발을 계속 주물러 주셨어요.

아기야 어떡해!
정신 좀 차려보렴.

코로나 때문에 그냥 지나치실 수도
있었는데 끝까지 절 지켜주셨어요.

구급차가 빨리 와야 하는데…
어떡해… 우리 아기.

그리고 때때로 살면서 못된 마음을 가졌던
제 자신을 반성하게 됐어요.

혹시나 아주머니 아저씨께서 오느리툰을
보실 수도 있지 않을까 해서 사연을 보내요.

♥ ◯ ◁

z_o_o**   이거 보니까 생각난 건데 저도 빈혈 탓인지 갑자기 쓰러진 적이
           있는데 지나가던 여성분이 바닥에 앉으셔서 절 챙겨주시더라구
           요. 물도 사주시고. 당시에는 너무 당황해서 고맙다고만 하고 지
           나갔는데 아직도 정말 감사하네요.

sun___10** 중학생 정도 되는 아기라니 너무 마음 따뜻한 분들이시네요. 너무
           작고 소듕한 스물둘….

3장. [사연툰 모음]
그래도 인생엔 포근한 순간도 있다

9

친구가 건넨 상자를 보고
울었던 이유

저는 초등학교 4학년 때
백혈병 판정을 받았습니다.

어떻게 나한테 이런 일이.

말도 안 돼…

항암 치료로 인해 하루하루 머리카락이 빠지고
야위어가서 학교에도 가지 못했습니다.

학교에 너무 가고 싶다.
친구들 만나고 싶어.

3장. [사연툰 모음]
그래도 인생엔 포근한 순간도 있다

나중에 용기를 내서 제 상황을 설명했고,
친구는 정말 펑펑 울었습니다.

상자 안에는 친구가 7살 때부터 길렀던
머리카락과 편지가 들어있었어요.

힘들게 기른 머리면서
왜 그랬어!

어때?
나 단발도 잘 어울려?

헤헤

친구의 진심에 꼭 다 나아서
학교에 가야겠다는 다짐을 했습니다.

이후 이식 수술과 항암 치료 후 완치 판정을 받았고
그 친구와 저는 지금까지 둘도 없는 절친입니다.

그때 기억나?

당연하지~
나 얼마나 울었는데.

친구야, 네 덕분에 힘들었던 거 다 이겨냈어.
이젠 내가 힘이 되는 친구가 되어줄게♥

여러분도 건강하시고
행복하시길요!

♥ ◯ ◁

bbora_eu**	ㅠㅠ감동이다. 좋은 사람 옆에 좋은 사람이 있어서 그런가 보다.♥
forest5delig**	와… 어떻게 초등학교 4학년생이 저런 생각까지 했을까요. 마음도 예쁘고 똑똑하고 대단해요.

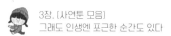

3장. [사연툰 모음]
그래도 인생엔 포근한 순간도 있다

10

서울에 올라와서
외로웠습니다

전 여동생과 함께 서울로 올라온 지
일 년 반쯤 되었습니다.

저희는 여유가 없다 보니
자주 편의점에서 끼니를 때우곤 했습니다.

요샌 편의점 음식도
참 맛있다, 그치!

응응!

그런데 어느 날 편의점에서
일하시는 아주머니께서 말을 걸어주셨어요.

자매예요?
식사는 했어요~?

타지에서 누군가 따뜻한 말을 해주니
너무 감동적이더라고요.

그래서 다음번에 갈 때 빵을 사다 드렸더니
정말 너무 좋아해 주시더라고요.

아이고 학생들이라
돈도 없을 텐데! 고마워요.

그리고 얼마 전 초복날이었어요.
삼계탕은 못 먹고 닭꼬치를 하나 사려고 하는데

자 여기 있어요!

아주머니께서 닭꼬치를
두 개 주시더라고요.

3장. [사연툰 모음]
그래도 인생엔 포근한 순간도 있다

저희를 딸처럼 대해주시는 편의점 아주머니!
아프지 마시고 늘 건강하세요!

hhhzzi_**   퇴근하면서 봤는데 제 사연이 아주 예쁘게 그려져 있어서 너어무
            행복해요. 오늘 기분 좋게 편의점 가서 아주머니 보여드려야겠어요!
            주변에 다들 좋으신 분들이 생각나는 저녁이었으면 하네요.♥
            오느리 님 감사해요.♥

mih**   제 얘기 같아서 보던 저도 울컥했어요. 전 비록 동생은 고향으로 가고
            저 혼자서 서울살이 중이지만 좋은 어머님도 이웃으로 계시고 동생도
            있고 해서 사연자분께서 더 힘내실 수 있으리라 생각해요.
            모든 타향살이 하시는 분들 파이팅!

3장. [사연툰 모음]
그래도 인생엔 포근한 순간도 있다

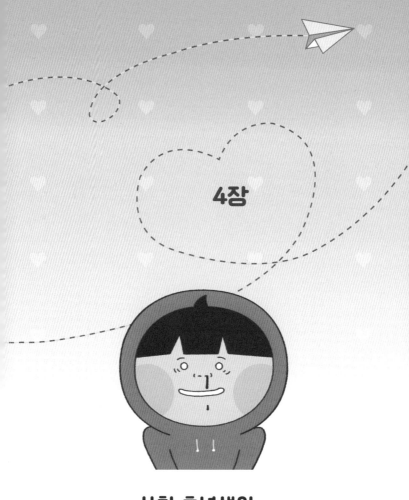

4장

사회 초년생의
애잔한 일상

올겨울엔
해외여행 간다

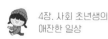

♥ ○ ◁

psj14**   ㅋㅋㅋ 죄송해요, 웃어서…. 근데 작금의 우리 모두의 현실 같아서요.

wonmi_ju**   여행업에 종사하고 있어요. 이런 글 써주셔서 너무 감사해요. 코
로나로 출근도 못하고 4개월째 집콕 중이네요. '코로나가 끝나도
업무에 복귀할 수 있을까?(여행업은 심각해요. 지금 문 닫는 곳
이 너무 많아요.ㅜㅜ) 여행 가려는 사람들이 있을까?'하면서 심
히 걱정하고 있었는데 댓글 다신 분들이 다 여행 가고 싶다 하시
니 힘이 납니다. 감사합니다.

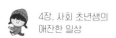

2

택배 알바의
진실

몇 해 전 어느 무더운 여름날,
나는 택배 아르바이트를 한 적이 있다.

사실 다른 알바를 몇 번 해봤기 때문에
조금 자신이 있었던 상태!

처음엔 트럭에 기사님이 오늘 배달할
박스들을 함께 실었다.

그런데 생각보다 박스가 정말 미치게 많아서
허리를 굽히고 펴는 것부터가 힘듦.

겨우 분류를 끝내고 조수석에 탔는데
기사님이 음료수를 잔뜩 준비하신 게 아닌가.

더 열심히 해야지.

배달을 시작하게 되면서
나는 거의 홍길동 급으로 물건을 날랐다.

기사님 빨리
퇴근시켜 드려야지!

그러나 엘베 없는 건물이 점점 많아지면서
팔다리가 후들거렸고 땀이 옷 전부를 적셨다.

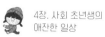

4장. 사회 초년생의
애잔한 일상

그런데 그동안 택배를 배달해 주는 기사님들께
감사함을 표한 적이 없었단 걸 깨달았다.

이렇게 힘든 일을
매일 묵묵히 해주셨다니!

나도 땀 흘리실 택배 기사님께
도움이 돼보고 싶어!!!

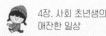

jin_hee_s** 전에는 박카스나 우유랑 초코파이도 드리고 했는데⋯. 힘들고 남들이 하기 싫어하거나 기피하는 일을 묵묵히 해주시는 모든 분께 감사합니다!

sapphire02pa** 예전 저희 집이 엘베 없는 4층이어서 쌀이나 생수 무거운 거 배송 의뢰 드리기가 참 송구스러웠다는⋯. 지인이 쌀 2포대 보내주신 걸 택배 기사님께서 올려다주셨는데 기사님 얼굴이 퍼래지시다 못해 하얘지셨고 숨은 곧 넘어가실 것처럼⋯. 너무 송구해서 어쩔 바를 모르겠더군요. 배송 늦었다고 기사님들께 험한 말, 심한 말 하는 것은 그분들께 사약 사발을 들이미는 것과 별 차이 없겠다는 생각이 들어요~ 기사님들~ 송구하고 감사하고 응원합니다!

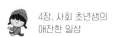

나는 어렸을 때부터
울 할머니를 좋아했다

할머니 친구분들이 남아선호사상에 골두하실 때에도
우리 할머니는 나를 제일 예뻐해 주셨다.

그래서 다 커서도 나는 할머니 집에
한 달에 두어 번은 찾아뵈었다.

할머니~

우리 강아지 왔어?

그런데 우리 할머니의 못 말리는 특징은 바로
'남이 한 반찬을 안 좋아한다'는 것이었다.

난 반찬가게 반찬이 싫다.
이런 거 사 오지 않아도 돼.

할머니는 남의 반찬이
싫다고 하셨어~

그래서 할머니 집에 갈 때는 반찬 같은 거 말고
과일 등을 사가곤 했다.

과일도 한 바구니나
사 오고. 무리하지 말어~

쓸데없는 데 돈 쓰지 말고
돈 모아서 집 사!!

그런데 코로나가 터지고 나서
나는 더 이상 할머니를 찾아뵐 수가 없었다.

내가 옮길 수도
있어.

시장도
못 가실 텐데
어쩌지?

그러다 좋은 생각이 났는데 바로 요새 잘 되어 있는
'배달 어플'에서 장을 봐드리는 것!

우리 손녀딸 돈을
내가 어떻게 써!
필요한 거 하나도 없어.

할무니 뭐
필요한 거 있어유?

돈 모아서
집이나 사!!

그런데 할머니는 신세 지는 것을 싫어하셔서
필요한 것을 절대 말해주지 않으시니···

그래서 별수 없이 나의 상상의 나래를 펼쳐
배달 어플에서 할머니께 필요할 만한 것을 고른다.

각종 과일이며 맛있는 과자, 휴지, 세제 등
할머니가 싫어할 만한 걸 고르지 않는 게 포인트

배송이 되었다고 연락 오면 할머니께
조마조마한 마음으로 전화를 건다.

할머니가
화내시면 어쩌지?

두근두근

아우~~ 느리야~~
뭘 이렇게 많이 보냈어~~
참외가 어찌 이렇게 다니?
할머니 마음을 알아주는 건
우리 느리 뿐이야.

너무 뿌듯해<3

♥ ○ ◁

suhayoung**   광고인 줄 알고 끝까지 다 봤는데 광고가 아니어서 당황. 아니
            근데 품목이 상상의 나래 펼친 거 치곤 너무 구체적이고 섬세하
            잖아요??? 진짜 너무 서윗한 손녀세요.♥

sosohan_jo** 오, 저도 작가님 만화 보고 할머니께 배송 보내드렸어요!! 덕분
            에 감사합니다!

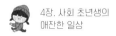

그리운
내 어린 시절

초등학생 시절, 종소리가 울리면
친구들이랑 하교하던 때가 떠오른다.

느리야
우리 놀이터 갈래?

느리 초등학교

히히 당연하지.

하굣길에는 각종 군것질거리가 즐비했고
나 역시 친구들과 이것저것 사 먹느라 바빴다.

달고나
1번 300원
2번 500원

병아리
1마리 600원
2마리 1,000원

옴뇸뇸

병아리. 작고 소중해.

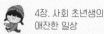

군것질거리를 다 먹을 때쯤엔 놀이터에 도착해
친구들이랑 또 하하 호호 신나게 놀았다.

느리 엄청
빠르다!!

나도 무거워서
놀이 난다!!

무거워서
그런가 봐~

그때는 놀이터에서 노는 게
뭐가 그리 재밌었는지~

한참 놀다가 엄마가 부르는 소리에
애들이랑 헤어지며 아쉬웠던 마음도 기억난다.

느리야!!!!!
밥 다됐다!!!!

당장 뛰어와! 얼른!!

느리야, 너희 엄마
벌써 저녁 차리셨나 봐.

안녕~

아니,
쌀 이제 불리기
시작하셨을 텐데~

집으로 터덜터덜 걸어갈 때는
꼭 예쁘게 노을이 지곤 했다.

잉~ 더 놀고
싶었는데.

엄마가 해주신 저녁을 맛있게 먹고
TV 속 각종 만화를 보던 기억도 난다.

정의의 이름으로
널! 용서치 않겠다!!

미안해~
솔직하지 못한 내가~♪

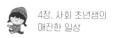

저녁 늦게 퇴근하신 아빠 무릎에 앉아
오늘 학교에서 있었던 일을 재잘대기도 했고

느리야, 오늘은
무슨 일이 있었니?

오늘 짝꿍이
바뀌었어요 ♥

무더운 여름이면 거실에 에어컨을 틀어놓고
온 가족이 모여 함께 잠을 청하기도 했다.

드르렁
드르렁

흠냐흠냐

advance_koa**   행복한 시간을 떠올리게 해주셔서 감사합니다.

e_sukiiiii**   그땐 그게 행복인 줄 모르고 지나온 거 같아요. 지금 우리 인생
도 먼 훗날 '아, 그때가 참 행복했었지.'라고 느끼게 되는 날
이 오겠죠?

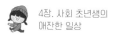

4장. 사회 초년생의
애잔한 일상

인생 노잼 시기가
왔다

하~ 인생이
새로울 게 없다.

요즘 이렇게 털어놓는 친구들이 많다.

나 진짜 요즘은
뭘 해도 재미가 없어.

신나는 것도
새로울 것도 없다.

오호.
그러게?

어렸을 땐 낙엽이 굴러가는 것만 봐도
친구들이랑 꺄르르 웃곤 했는데

꺄르르

꺄륵

너무 재밌어!

이제는 낙엽이 구르는 걸 삼천만 번 봤으려나?
웃음이 나올 리가 없다.

굴러가유~~

또 구르느냐.

생각해보면 나도 예전에는 항상
새로운 즐거움을 좇아서 살았던 것 같다.

짜릿해!
즐거워!!

좌니난~
여자라~~

3차는
칵테일이얏!!!

4 a.m.

그런데 즐거움만을 너무 좇으면
그 끝에는 꼭 괴로움이 있었다.

으어어~

죽겠어억.

왜 이렇게
마셔댄 거냐 진짜~

예전엔 즐거움 뒤에 오는 괴로움이 너무 싫었다.
분명 난 좋자고 한 일이었는데.

으어어어~

왜 계속 즐거울 수
없는 거지?

하지만 이제는 영원한 즐거움도
영원한 괴로움도 없다는 것을 알기에

그런 때도 있었지~

뭐든 '그러려니' 하고 흘려보내게 되었다.

어렸을 땐 삶이 정말 폭죽이
팡팡 터지는 불꽃놀이 같았다면

깍

깍

늘 짜릿해!!!
언제나 인생은 새로워!!!!!

지금은 어느 고요한 들판에 앉아
산들바람을 느끼는 기분이랄까.

내게 중요한 건
이너 피스···

mang47**   저 보고 계신 거 아니죠? 방금 전까지 인생 노잼이라고 생각하고
인스타 켰는데 딱!

beomjii**   너무 공감해요. 가끔 이렇게 평온해도 되나 의구심이 들 때도 있지
만 정말 사랑하고 아끼는 사람들과의 시간이 너무도 소중히 느껴
지는 요즈음 ♥

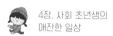

4장. 사회 초년생의
애잔한 일상

6

- 런던 출장기 -
밤새고 출장 떠난 썰

근데도 편집을 다 못 끝내서
런던 가는 비행기에서까지 편집을…

내 할 일은
내가 책임지고
끝내야 해.

숙소에는 출발한 지 18시간이 넘어서야 도착,
바로 유튜브 업로드를 걸고 뻗었다.

ZZZ..

미친… 스케줄…
흠냐흠냐…

7

- 런던 출장기 -

런던에서 노숙할 뻔한 썰

내 첫 해외출장 로망은
멋진 숙소에서 묵는 것이었다.

'샹그릴라 앳 더 샤드 런던'은 어떨까?

영국에서 가장 높은 건물.
진정한 커리어우먼의 숙소랄까?

하지만 12월~1월이 극극극성수기였던 런던.

크리스마스 + 불꽃축제 시즌이라
전 세계인들이 모여들었고
너무나도 비쌌던 호텔들.

〈그나마 남은 호텔 후보〉
1. 샹그릴라   1박 70만 원   ✗
2. XXX   1박 40만 원   ✗
3. OOOOO   3인 이상 불가   ✗
4. ☆☆☆   1박 35만 원   ✗
5. △△   너무 외곽   ✗

1박에 70 쓰면
나머지는 노숙?

4장. 사회 초년생의
애잔한 일상

그러다 공유 주택 사이트에서
너무 가성비 좋은 숙소를 발견했다!

집공유닷컴

깨-끗

정말 호스텔급 가격으로 가능하다구?!!! 바로 예약!!

Host (Bill)
A great place near King's Cross Station
It's very clean and wonderful like a hotel

그런데 지친 몸을 이끌고 겨우 숙소에 도착했지만,
호스트는 없고 '보관함'에서 열쇠를 찾으라고 했다.

어딨는지 제대로
알려주지도 않음

열쇠 보관함이 대체
어딨는 거야?

쓰레기통

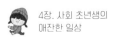

- 런던 출장기 -
런던 숙소 사기당한 썰

우여곡절 끝에 겨우 들어온 숙소는
생각보다 넓고 예뻤지만, 지하였다.

아 지하여서 저렇했구나.
(예약할 때 몰랐음)

다음날 일어났는데
아침에 날이 밝아도 어두컴컴.

그리고 아침을 먹으려는데...

응?

냠냠

자꾸 산책가는 개들이 멈춰서 쳐다봄

물끄러미

Duri, What's going on?

뭐먹개?

그러자 주인들도 수그려서 쳐다봄

켁

너무 부담스러워서
토할 것 같아ㅠ

샴푸, 린스 등 모든 어메니티가
'구비 완료'라고 되어있었지만

바디로션만 세 개.

'바디로션'이라고 쓰인
샴푸인 건가?

그리고 자세히 보니 집의 모든 물건이
한결같이 다 더러웠다.

커피포트에는 족히 3년은
묵은 것 같은 구정물이···

이게 뭐얏!!

호텔이었으면 다른 방으로
옮겨달라고 했을 텐데, 흑ㅠ

휴지가 떨어져서 호스트에게 연락했더니

집콩유닷컴

헤이 빌,
휴지가 떨어졌어요..

느리

오! 느리 마이 디어~
휴지 여분은 컴퓨터 본체 위
선반의 초록 박스에
있어요 (친절 친절)

Bill

오케이~ 고마워요!

그래도 뭐.. 친절한 사람이네..

느리

근데 컴퓨터 본체도,
선반도, 초록 박스도 없었다.

!!!!!!!

빌 이 강아지아기야!!!!!
너 이 집 주인 아니지??!!!

결국 마트에서 휴지 내 돈 주고 삼

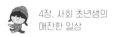 4장. 사회 초년생의
애잔한 일상

- 런던 출장기 -
황당했던 런던 투어 썰

우리는 해리포터 연회장 촬영을 해야 해서
크라이스트처치 투어를 미리 신청했다.

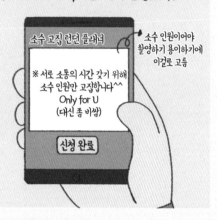

그러나 출발 1시간 전 황당한 통보

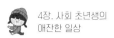

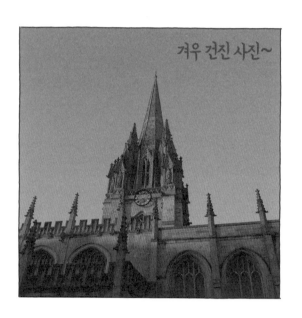

겨우 건진 사진~

- 런던 출장기 -

나이 드는 게
아쉽지 않았던 이유

비록 추운 겨울에 촬영하느라 고생했지만 운이 좋았다고 느낀 것이 있다.

전부 다 적어갈 거야!

바로 매년 1월 1일에 진행되는 런던 불꽃놀이와 일정이 겹친 것!

대박! 실화인가요?

하지만 이미 티켓은 동났고,
사비로 겨우 암표를 구해 레드존*에 입성했다.

1인에 50파운드야.

알 유 크레이지?

오케이 30에 줄게.

ok 콜!

※총 4개의 존이 있는데 모두 10파운드로 동일.
but 레드존은 잘 안 보이니 블루나 화이트존을 추천!

그러나 설렘도 잠시, 발 디딜 틈 없는 곳에서
4시간을 기다려야 했다.

개춥다

게다가 키 큰 외국인들이 앞에서
내 카메라 시야를 다 점령해버렸다.

혹 한살 더 먹는 것도 서러운데 개서럽다 진짜 ㅜㅜ

그런데 문득 주위를 둘러보니
사람들은 서로를 다독여 주느라 바빴다.

한 해 동안
너무 잘했어~ 허니

2020년에도
우린 행복할 거야.

네가 자랑스러워.
마이 달링~

4장. 사회 초년생의
애잔한 일상

난 한 살 더 먹는다는 생각에 그저 울적했는데
그렇게 생각할 필요가 없었구나.

올 한 해 동안
고생했던

나 자신을
칭찬해 줘야 했어!

나에게도 한 해 동안 잘해왔고
내년에도 잘 부탁한다고 말해주고 싶다.

최고!

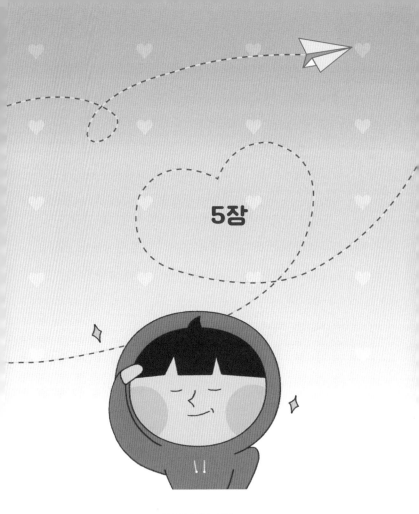

5장

[에세이]
90년대생이 세상을 살아내는 법

생긴 대로 사는 삶이 아름답다

유교의 나라여서인지 특히 우리나라 사람들은 남들의 눈치를 많이 보는 것 같다. '표준'이 아닌 것들은 비정상이 되는 사회. 그 속에서 나도 항상 표준이 되기 위해 노력했다.

학창 시절에는 남들 따라 좋은 대학에 가기 위해 공부를 열심히 해야 했고, 막상 대학에 왔더니 취준하느라 바빴다. 이제는 결혼을 해서 자식을 낳고, 자식을 무탈히 대학에 보내고, 또 자식을 결혼시키고 손자를 돌봐주어야 하는 걸까? 그렇게 표준의 삶을 따르면 행복할 수 있을까.

그런데 언젠가부터 그 모든 표준이 사라지고 있다. 그렇게 남들 기준에 맞춰 살아도 결국 행복을 보장받지 못하기 때문인 걸까? 세상이 시키는 대로 살아도, 집을 사고 노후를 대비할 수 있을 만큼의 경제적 여유를 얻을 수 없기 때문인 걸까?

아무리 불평등한 세상이라지만 인간이라면 언젠가 모두 이 지구를 떠난다는 것은 같다. 어차피 150년쯤 뒤에는 우리 모두 이 세상에 없다. 그러니 하루하루 남의 눈치를 보며 표준을 따라 살기보다는 내 삶에 집중하고 내가 태어난 이 모습대로 살면 안 될까?

박막례 할머니가 그랬다. 나를 남에 맞추려고 하지 않고 그냥 생긴 대로 살았더니 나를 좋아하는 사람들로 인생이 채워지더라고. 언제 어디서나 자신의 본모습으로 당당한 박막례 할머니가 참 멋지다고 생각한다. 또 나도 그렇게 살고 싶다. 정교하게 다듬어져 속내를 알 수 없는 사람보다는 날 것의 내 모습을 거리낌 없이 보여줄 수 있는 사람으로.

모두를 사랑하면 슬플 일이 없다

누군가 그랬다. 남을 미워하면 내 마음이 슬퍼진다고. 모두를 사랑하면 슬플 일이 없다고. 그렇다고 정말 세상 모두를 사랑할 순 없겠지만 그래도 저 말이 내게 굉장히 위로와 위안을 줄 때가 있다.

학창 시절에는 친구와 싸워봤자 나를 깜빡하고 떡볶이를 먹으러 간 친구들에게 "어떻게 그럴 수 있어?" 하고 등짝을 두들기는 정도였다. 그런데 사회생활을 하면서는 누군가와 이해관계가 얽혀 내가 잘못한 일도 아닌데 욕도 먹어보고, 믿었던 사람에게 뒤통수도 맞아봤다. '내가 뭐 인간관계가 전부인 열두 살 소녀도 아니고, 이미 내 주위엔 좋은 사람들이 더 많은데 뭐 어때? 신경 쓰지 마.'라고 다짐했지만 생각보다 쉽사리 잊히지 않았다.

누군가와의 트러블은 때론 지옥 같다고 느껴졌다. 자려고 누우면 심장이 기분 나쁘게 두근거려서 두 시간마다 잠에서

깼다. 새벽 2시쯤 잠에서 깨면 자는 걸 포기하고 책상에 앉아 일기를 써 내려갔다. 내 일기장에는 상대방이 나를 얼마나 힘들게 했는지에 대한 하소연이 가득했다. 그런데 어째 하소연이 늘어나면 늘어날수록 피폐해지는 것은 내 자신이었다.

인생을 살면서 누군가와의 트러블이 있는 것은 당연한 일인지도 모른다. 게다가 사회생활이라는 것은 동아리같이 서로 취미를 즐기려고 하는 게 아니다. 나의 이익과 상대의 이익이 상충되는 경우도 많다. 그리고 서로의 생계는 정말 절실한 것이다.

물론 그렇다고 인간의 존엄성을 훼손당하는 것까지 참으면 안 되는 거지만, (그 정도는 아니라는 전제하에) 상대방은 그저 자신이 태어난 기질대로 살아가고 있는 것이고 나도 마찬가지일 뿐이다.

사랑까진 아니더라도 너무 오래 누군가를 미워하지 않으려고 한다. 불쑥불쑥 당했던 게 떠올라서 멘탈이 흔들리더라도 얼른 머리에서 지워버리려고 한다. 우리는 그저 태어난 대로의 삶을 살아가고 있을 뿐이니, 나와 안 맞는 사람들이 내 인생에서 서서히 자취를 감출 수 있게 내버려 두는 것이다. 그리고 트러블이 있는 사람을 신경 쓰느라 내가 사랑하는 사람들을 소홀히 하는 것만큼 슬픈 일은 없을 것이다.

SNS에는 불행한 사람이 없다

SNS가 없으면 소통하기 어려운 시대. 나도 인스타그램이라는 SNS를 기반으로 활동을 하고 있지만 아이러니하게도 사실 SNS를 그렇게 많이 하지 않는다. 일단 핸드폰을 오래 못 보겠다. 눈이 너무 아프다. 그 작은 핸드폰 안에 그 많은 정보라니.

그리고 SNS 속의 사람들은 죄다 핫플레이스에 놀러 가고, 갬성 가득한 음식을 먹고, 각종 성취를 자랑한다. 하지만 나는? 되는 일은 하나도 없고 오늘은 너무 힘들어서 정말 말 그대로 엉엉 울고 싶은 지경인데….

하지만 그렇게 행복해만 보이는 사람들에게도 '명'과 '암'이 분명히 있다. 대부분은 행복한 순간을 오래 기억하려고 SNS를 하지 슬프고 쪽팔린 일을 기억하려고 SNS에 새기지는 않기 때문이다.

그걸 새삼 느낀 건 내가 슬픈 웹툰들을 올렸을 때였다. '자꾸 실수하는 모습에 자책하게 될 때'나 '세상이 두렵고 삶이 불안하다면' 같은 웹툰에는 다음과 같은 댓글이 달렸다. '오늘 마음이 불편한 일이 있었는데 작가님 덕분에 위로받았어요.', '요새 진짜 힘들었는데 위안이 되었어요.' 다들 저마다의 불행은 티 내지 못하고 살아가는 게 아닐까? 그러니 SNS 속의 행복해하는 사람들을 보며 내 인생에 자괴감을 느끼거나 크게 슬퍼할 필요는 없을 것 같다. 돈이 많다거나 잘나간다고 해서 매일 행복하기만 한 것은 아니다. 그들도 남모르는 사이에 그들만의 전쟁을 치르고 있다.

대학 가면 진짜 친구 못 사귈까?

"너희 이제 대학 가면 진짜 친구는 못 사귄다." 이렇게 말하는 선생님들이 있었다. 진정한 우정은 고등학교까지라고. 특히 사회는 무시무시한 곳이기 때문에 순수한 우정 같은 건 없다고 말이다.

물론 학창 시절 알게 된 베프들과 계속해서 순수한 우정을 나누고 있는 것은 맞다. 그런데 이 친구들과는 우연에 의해 친구가 되는 경우가 많았다. 나랑 같은 학교, 같은 반이라서. 우연히 내 앞자리에 앉아서. 운명처럼 친구가 된 사이.

대학에 오고, 사회에 나오니 우정이라는 것을 만들기 쉬운 환경은 분명히 아닌 것 같았다. 대학교에서는 내가 듣고 싶은 대로 강의 스케줄을 짜고 알아서 수업을 들었다. 굳이 동기랑 수업을 같이 들을 필요도 없었다. 취업도 친구들과 우르르 같이 할 수 있지 않다 보니 학창 시절 이후에는 뭔가 노력하지 않으면 친구를 만들기 어렵게 느껴진다.

그런데 오히려 그래서 더 내 사람을 찾기 쉽기도 했다. 내가 걷는 길엔 결이 비슷한 사람들이 많았다. 같이 언론고시를 준비하던 친구들과 인연이 되기도 하고, 회사에서 만났지만 서로 너무 잘 통해서 친구가 된 사람들도 있다. 또 각자의 인스타툰을 연재하는 작가님들과 친구가 되기도 한다. 요새는 취미생활을 공유할 각종 소모임이 많기도 하니, 성인이 되면 친구를 못 사귄다는 말은 옛말인 것 같기도 하다.

때로는 영원할 것 같았던 우정이 서로의 소홀함으로 어긋나기도 하고, '저렇게 멋진 사람과 친구가 될 수 있을까.' 생각했던 사람이 내게 먼저 손을 내밀기도 한다. 뭔가 내게 이득이 될 것 같아서 알아두는 인맥 같은 거 말고, 그냥 함께하면 하하호호 웃을 수 있는 좋은 사람들과 남은 인생을 채워나가고 싶다.

혹시 후회하고 있나요?

　오느리툰에서도 한 번 다룬 적이 있는데, 정신과 전문의 구가야 아키라의 책 〈최고의 휴식〉에 의하면 우울증을 앓는 사람들에게 흔히 나타나는 사고 패턴이 있다고 한다. 그것은 '반추사고'인데 부정적인 생각을 계속하는 것을 의미한다. '내가 과거에 왜 그랬지, 너무 후회 돼.' 라며 계속 과거를 되짚는 것이 뇌를 피곤하게 만든다고 한다. 그리고 점점 우울감에 빠지게 되는 것이다.

　나는 이 얘기를 듣고 조금 놀랐다. 내게는 어렸을 때부터 말도 안 되는 완벽주의 같은 게 있어서, 조금만 실수해도 후회하고 또 후회하는 습관이 생겼던 것이다. 그게 우울감을 불러오는 것도 모른 채.

　사실 인생에 정답이란 건 없다. 우리는 가지 못한 길을 바라보며 내내 후회하지만, 그 길이 알고 보면 낭떠러지였을 수도 있다. 설령 낭떠러지가 아니라 황금길이었다고 해도 시간을 과거로 되돌릴 수는 없다. 순간순간의 선택을 하고 나면 그 선택을 믿고 나아갈 수밖에.

한번 사는 인생 완벽하게 살아야 할 것 같지만 완벽하게 살 수도 없고, 또 한 번 말하지만 그렇게 살아도 어차피 다 놓고 떠날 인생이다. 돌이킬 수 없는 과거를 후회하고 영원히 오지 않는 미래를 두려워하기보다는 지금 이 순간을 즐기고, 기왕이면 행복하게 살고 싶다.

요즘 취업이 왜 이렇게 안 될까?

취업은 운이 8할이라고 생각한다. 요새 기업들이 대부분 어렵다 보니 취업문이 너무 좁아져버렸다. 취업하고 싶은 사람은 수두룩하지만 뽑는 인원은 한둘밖에 되지 않으니. 그러니 열심히 준비했다는 가정하에 남보다 운이 좋으면 붙는 것이다.

특히 최종 면접에 올라온 사람들은 모두 합격해도 문제없는 인재들이다. 거기서 나와 핀트가 잘 맞는 면접관을 만나느냐 마느냐에 따라 결과가 달라진다. 면접관은 내가 지정할 수 없는 법이니, 이 또한 그냥 내 운이라고 생각할 수밖에. 특히 '최종탈'은 대부분 내 잘못이 아니다.

그럼에도 불구하고 면접에 대한 팁을 알려달라는 독자님들이 많았다. 정답은 나도 모르겠지만 내가 느낀 몇 가지 얘기를 해보자면 우선 두괄식으로 얘기하는 것이 좋다고 생각한다. 면접관들은 대부분 본업에도 매우 바쁜 사람들이기에 집중력이 매우 안 좋다. 그래서 결론을 먼저 말해주지 않으면 아예 안 듣고 꾸벅꾸벅 졸기도 한다. 자기소개서도 마찬가지다. 결론을 먼저 말하고 들어가지 않으면 아예 읽지도 않을 가능성이 높다. 내 의견에 귀 기울여주지 않는 면접관을 탓하지 말고 그들의 입장을 먼저 생각해보는 것이 좋을 것 같다.

또 다른 팁은 질문에 무슨 의도가 있는지 먼저 생각하고 대답하는 것이다. PD 면접 때 "별명이 무엇이냐"는 질문을 받은 적이 있었다. 질문을 들어보니 '캐릭터를 파악하고 싶어 하시는구나.' 싶었다. 그래서 나는 수많은 별명 중에 '개그맨'이라는 별명을 말했다. "워낙 내가 재밌는 사람이라 친구들이 나를 개그맨이라고 부른다. 시청자들을 웃게 하는 즐거운 콘텐츠를 만들고 싶다." 이렇게 말하면서.

그런데 내 옆에 계신 어떤 지원자 분은 본인의 별명을 '명존쎄'라고 대답했다. 그러자 앞에 있던 국장님, 팀장님들 죄다 눈이 동그래지며 "명존쎄가 뭐예요?"하셨다. 굳이 그분은 그 뜻을 설명했다. "명치 XX 세게 때리고 싶다 입니다!" 아니, 선생님. 거기서 명존쎄가 왜 나오냐고요. 제가 얼마나 충격 받았는지 아십니까? 그래도 지금은 다른 좋은 곳… 합격하셨겠죠?

모두의 건투를 빈다. 요즘 같은 시기에 취업이 잘 안 되는 건 여러분의 탓이 아님을 꼭 잊지 말아야 한다. 그러니 탈락해도 너무 상처받지 말기를. 본인 잘못도 아닌데 자책하는 것만큼 미련한 짓이 없다.

옆집 영희는 삼성전자와 하이닉스 두 군데나 붙었다는데 왜 너는 이 모양이냐는 엄마의 말에 주눅들 필요도 없다. 엄마! 영희가 전생에 나라를 구한 거야!

직장생활을 잘하려면

　나도 취준생 때는 직장생활을 잘하는 방법이 무엇일지 무척이나 궁금했다. 사랑받는 막내의 비결, 승진하는 비법 등도 정말 궁금했고, 여기저기 물어보고 다니기도 했다.

　사실 아직도 나는 직장생활을 '잘하는 것'이 뭔지 모르겠다. (그 기준은 사람마다 다를 것 같다. 한 회사에서 승승장구하며 몇 십 년씩 버티면 잘하는 걸까? 아니면 2~3년마다 회사를 옮겨가며 연봉을 올리는 게 잘하는 걸까?)

　아무튼 회사생활 하면서 내가 멋지다고 생각하는 분들의 공통점이 두 가지 정도 있다. (일단 실력은 뭐 당연한 거니까 전제로 하고) 첫째로는 성실! 아무리 전날 과음을 해도 다음 날 칼같이 제시간에 등장한다. 누가 봐도 열심히 살고 그래서 신뢰가 간다. 둘째로는 적을 두지 않는 성격! 조금은 기분 나쁠 만한 일에도 별로 개의치 않고, 상대방의 말을 꼬아서 듣지 않는다. 가끔 손해를 보더라도 상대방의 입장을 먼저 고려한다. 그래서 모두에게 인정을 받는다.

사실 내 주변에서 가장 멋진 직장인을 꼽으라면 우리 아버지를 꼽을 수 있을 것 같다. 우리 아버지는 30년 넘게 회사생활을 하시는 중인데 매일 칼같이 새벽 5시에 출근하신다. 그리고 저녁 8시에 퇴근하고 집에 와서 주식 공부를 하신다. 아버지는 이전 회사에서 스카우트 되어서 현재 회사에 오셨는데, 이전 회사 직원 분들이 아버지가 이직한다고 하자 눈물을 흘리기까지 했다고 한다. (세상에 이런 일이!)

그런데 그런 아버지가 내게 했던 말이 있다. "딸, 아빠는 이렇게 평생을 살아왔기 때문에 지금도 이렇게 사는 거지만, 너희 세대는 이렇게 살 필요 없어." 아빠의 말이 무슨 뜻인지 처음엔 잘 몰랐지만 이제 조금은 알 것도 같다. 아버지를 세상에서 제일 존경하지만, 평생을 잘리지 않고 직장에 다니면서 근로소득을 모아 노후를 대비할 수 있는 시대가 이

젠 아닌 것 같아서. 미래를 위해 현재를 포기하기엔 당장 내

일도 너무 불투명한 것 같아서.

당장 부자가 될 순 없을까?

이번 단행본을 준비하면서 베스트셀러들을 엄청나게 사서 참고를 했다. 그중에 올해 가장 인기 있는 책인 〈더 해빙 : 부와 행운을 끌어당기는 힘〉을 알게 되었다. 이 책은 전 세계 굴지의 CEO들이 조언을 해달라며 찾는다는 이서윤 씨에 관한 내용이었다. 그에게 자문을 구한 부자들은 더더욱 큰 부자가 되는 퀀텀 점프를 했다고 한다. 도대체 그 비결이 무엇일까?

책을 읽어보니 그는 '내가 가지지 않은 것'에 집중하지 말고 '내가 가진 것'에 집중하라고 했다. 내 마음이 설레는 소비를 하고, 항상 내가 가진 것에 감사하라는 것이다. 처음에는 이게 무슨 "교과서만 보고 수능 만점 받았어요."와 같은 말일까 생각했다. 그런데 그가 해준 조언대로 생각하려고 하다 보니 그게 무슨 의미인지 알 것 같았다.

한때는 매일 아침 회사에 출근하는 것이 너무 싫었다. 마치 소가 도살장에 끌려가듯이 출근을 했다. 하기 싫은 일도 시키면 해야 하는 회사가 정말 싫었다. 왜 나는 당장 퇴사를 해도 될 만큼 돈을 모으지 못했지? 왜 맨날 치킨 먹는 데 돈을 다 썼냐고!!! 간절하게 로또 1등을 꿈꾸면서 매주 복권을 샀다. 하지만 로또 5등조차 당첨되어 본 적이 없는 나는야 지독히 운 없는 회사원이었다.

　하지만 이 책을 읽은 후부터 마음을 바꿔보았다. 사실 나는 콘텐츠를 만들어서 많은 분들을 울고 웃게 하고 싶었는데 이미 그런 일을 하고 있었다. 비록 로또에 당첨되지는 않았지만 내가 먹고 싶은 것을 먹고, 입고 싶은 것을 입을 만큼의 작지만 소중한 돈을 매달 벌고 있다. 가끔은 마음이 답답할 때 훌쩍 여행을 떠날 돈도 있었다. 생각해보니 나는 꽤 괜찮은 삶을 살고 있었다. 그렇게 긍정 바이브로 마음을 바꾸니 모든 것이 감사하게 느껴졌다. 신기하게도 이제는 내 삶이 달라진 기분을 느낀다. 아직도 10년, 20년 후 미래를 생각하면 답이 없지만 뭐. 당장은 그렇다는 것이다.

마음이 지옥 같을 때 어떻게 해야 할까?

이런 질문을 정말 많이 받았다. 누구나 삶이 지옥같이 느껴질 때가 있다. 직장생활을 하면 정말 토 나오게 싫은 일들이 일정한 주기로 반복된다. 나 같은 경우는, 나를 힘들게 하는 원인이 해결할 수 있는 것일 때는 적극적으로 해결하려고 한다. 그런데 내가 아무리 해도 어쩌할 수 없는 일들은 그냥 시간을 견뎌낸다. '아, 또 며칠은 정말 힘들겠구나. 자려고 누워도 억울해서 잠도 못 자겠구나.' 하고 생각하면서.

종교는 없지만 신학자 라인홀트 니부어의 이 말을 좋아한다. '바꿀 수 없는 것을 받아들이는 평온함과 바꿀 수 있는 것을 변화시킬 수 있는 용기를 주시고, 이 둘의 차이를 알 수 있는 지혜를 주시옵소서.' 아마 전자의 것이 바로 '내가 어쩌할 수 없음을 알고 시간을 견뎌야 할 때'이고, 후자의 것이 '용기를 내서 적극적으로 해결해야 하는 때'일 것이다.

시간을 무작정 견뎌내야 할 때에는 되도록 혼자 집에 안 있으려고 한다. 집에 있으면 힘든 생각에 잠식되는 것 같아서, 최대한 햇볕을 쐬고 사람을 만나고 밖을 돌아다닌다. 집 앞 공원에 가서 한 시간 동안 신나게 뛰기도 한다. 몸을 괴롭혀야 생각이 사라진다.

인생이란 건 대부분 고통이고 아주 찰나의 순간만 행복인 것 같다. 어떤 책에서 읽었는데 인간은 같은 양의 즐거움보다 괴로움을 상대적으로 더 크게 느낀다고 한다. 행복한 순간을 진짜 소중히 해야 하는 이유다. 그래서 행복했던 순간들을 항상 기록하고 기억하려고 한다. 그렇지 않으면 인생이 너무 슬프게 느껴져서.

그리고 항상 독자님들의 행복을 비는 사람이 여기에 있다는 것을 잊지 말아 주셨으면. 때론 세상에 나 혼자인 것 같지만 생각보다 나를 생각해주는 사람들이 있다는 걸 떠올리면 그래도 살아갈 맛이 조금 나기도 하니까.

직장인 VS 프리랜서 어느 것을 택할까?

   '직장인이 좋냐 프리랜서가 좋냐'는 물음에 정답은 없는 것 같다. 언론고시를 함께 준비해 어렵게 통과해 놓고도 그만둔 친구들도 많이 봤고, 본인만의 사업체를 운영하다가 회사로 도로 들어간 친구들도 많이 봤다. 원래 못 가진 것이 더 커 보이는 게 인간이다. 나는 회사원이기 때문에 당연히 프리랜서의 자유로운 삶이 백 배쯤 아니 백만 배쯤 더 좋아 보이긴 한다.

   어떤 일이 더 좋을까 생각해보기 전에 우리가 하는 일 대부분이 AI에 의해 대체될 수 있다는 점을 먼저 짚고 넘어가고 싶다. 알파고는 바둑천재를 이겼고, 테슬라는 나보다 더 운전을 잘한다. 이제는 혼자 치킨을 튀기는 기계마저 생겨버렸으니, 내 노후생활은 끝장났다.

   이렇게 우리가 우직하게 준비한 직업이 어느샌가 없어져 버릴 수도 있다는 것이다. 그래서 없어질 리 없는 전문직이

나 공무원이 인기가 많은 것도 같다. 하지만 전문직이나 공무원은 정말 소수이고 도전할 수 있는 어느 정도의 시기가 있는 것 같다. 나도 이제 와서 로스쿨 준비를 할 수도 없는 노릇이니.

그렇기 때문에 많은 미래학자들이 말하듯, N잡러가 정말 대세가 되지 않을까? 몇 개의 직업을 가지고 있으면 어쩌다 그중에 하나가 잘 안 되거나 AI에 의해 대체되더라도 나머지 직업이 있으니 살아갈 수 있다. 그런 점에 있어서 직장인도 프리랜서도 다 좋다고 생각한다.

특히나 요즘엔 취업 시장이 정말 어렵다. 내가 만약 직장인이 아니라 취준생이라면 취업 하나만을 바라보기보다는 평소 관심 있던 다른 것들(스마트스토어 등)도 함께 준비해 볼 것 같다.

그리고 직장인이라고 해서 안심해서도 안 된다. 정말 어렵

게 취업을 했지만 대부분의 직장인은 노후가 보장되지 않는
다. 엎친 데 덮친 격이라고 우리나라의 생산 가능 인구는 매
년 매우 가파르게 감소하고 있다. 노년의 우리를 든든히 받
쳐줄 백업도 없다는 얘기다. 그러니 주식을 하건 무엇을 하
건 우리는 다가올 은퇴 후 미래를 스스로 대비해야 한다.

인스타그램으로 받은 소소한 Q&A

Q. 오느리툰을 하면서 제일 뿌듯했던 순간은?

무조건 독자님들과의 소통입니다. 재밌다고 해주실 때, 힘든데
정말 위로가 되었다고 말씀해주실 때요. (무한도전보다 재밌다
고 한 댓글을 보고 진짜 꿈꾸는 거 같았어요. 저도 무한도전 키
즈거든요!) 물론 평소에는 돈 버느라 힘들지만, 그런 댓글을 보
면 '내가 오로지 돈을 위해 이 고생을 하는 건 아니구나.'라는 생
각이 들면서 오느리툰을 하길 잘했다는 생각이 들어요. 제가 대
댓글은 많이 못 달아드리지만, 여러분의 댓글은 늘 챙겨보고 있
습니다. 저의 기쁨이에요. 감사합니다.

Q. 인스타툰은 그림 전공자만 할 수 있나요?

아뇨, 저도 그림 전공자가 아닙니다. 물론 저는 그림을 도와주
시는 능력자 후배 분들이 계시지만 오느리툰이 엄청 고난도 그
림은 아니라서 비전공자인 저도 그릴 수 있거든요.
인스타툰 특성상 무조건 그림을 잘 그린다고 잘 되는 건 아닌
것 같아요. 캐릭터가 아무리 귀여워도 재미가 없으면 반응이 잘

안 붙어요. 오느리도 처음에 귀여움으로만 밀고 나갔을 때는 조금 방황을 했던 것 같아요. 인스타툰에서 진짜 중요한 건 스토리인 것 같습니다. 거지발싸개를 그려도 재미만 있으면 다들 열광합니다. "거지발싸개! 거지발싸개!" 이렇게요.

Q. 인스타툰을 직업으로 삼아도 먹고 살 수 있을까요?

충분히 가능하다고 생각해요. 오느리는 회사에서 하는 거라 케이스가 좀 다르지만, 친한 작가님들 중에는 인스타툰을 전업으로 하는 프리랜서 작가님들이 많아요. 대부분의 작가님들이 인스타 콜라보툰 뿐만 아니라 강연, 이모티콘, 단행본, 굿즈 등 여러 방면으로 수입을 버시더라고요. 오느리툰도 지금 수익을 따져보면 일반 직장인의 몇 배는 버는 것 같아요.

다만 그렇게까지 되려면 구독자가 기본 몇만은 되어야 하기 때문에, 어느 정도 채널 규모가 커질 때까지는 다른 일을 병행하시는 게 좋을 것 같습니다! 생각보다 1만 넘기기가 어렵고 채널을 유지하는 것도 쉽지는 않은 것 같습니다.

 # 인스타그램으로 받은
소소한 Q&A

Q. 오느리툰 하면서 힘든 점은?

이건 저만의 힘듦일 것 같은데, 오느리는 개인 계정이 아니라 진짜 날 것의 얘기를 못하는 게 아쉬워요. 직장인툰은 특성상 회사를 신명나게 까야 호응을 얻는데 저희 회사 분들이 정말 오느리를 많이 보시더라고요.

처음에는 아무도 오느리에 관심이 없는 줄 알았는데 새로운 동료분을 알게 되어 인사를 하면 늘 "아! 오느리툰! 잘 보고 있어요."라는 말을 하시더라고요. 너무 감사한 일이지만 그런 일이 반복되다 보니 저는 회사 얘기를 할 수 없었고, 점점 오느리는 착하고 바른 아이가 되어가고 있었습니다. 선배님들도 요즘에 "오느리~ 너무 착해졌어."라는 말씀을 많이 하시더라고요. 앞으로는 그래도 할 말은 하는 캐릭터로 만들어보려고 합니다.

그리고 회사 일이기 때문에 매출이 우선순위잖아요. 저는 독자님들과 소통하고 에피소드 짜는 데 더 집중하고 싶지만, 그건 직장인의 숙명이라고 생각합니다.

Q. 오느리툰을 하면서 가장 신기했던 일은?

제가 평소 흠모하던(?) 분들이 오느리를 팔로우해주실 때가 정말 신기해요! 예를 들어 제가 인스타툰을 모르던 시절부터 인스타그램 셀럽인 촘미님의 팬이었는데 제가 당근마켓 에피소드를 올렸을 때 그걸 보시고 오느리를 팔로우해주신 거예요. 오느리라는 존재를 알아주시다니 정말 신기했어요.

또 토끼툰 지수 작가님도 제가 작가님의 단행본을 보고 감명을 받아서 팔로우하게 되었는데 맞팔을 해주셨더라고요. 알고 보니 지수 작가님은 제 옆 동네에 살아서 그 후로 종종 뵙고, 같은 업을 가진 종사자로서(?) 인스타툰에 대한 서로의 통찰을 나누기도 해요. 아무래도 SNS를 기반으로 콘텐츠를 올리다 보니 이런 신기한 일들이 생기는 것 같아요. 오느리를 팔로우해주시는 연예인분들도 있는데 그분들을 회사에서 마주칠 때의 짜릿함이란, 후후~

Q. 인스타툰 어떤 걸로 그리시나요?

저는 사실 그림을 잘 그리는 사람은 아니지만 회사에서는 신티크 22인치&포토샵으로 그리고, 집에서는 태블릿&포토샵으로, 이동할 때는 아이패드&프로크리에이터 조합으로 그립니다. 이 셋 중에 가장 추천하는 건 아이패드&프로크리에이트 조합이에요. 굉장히 간편하게 그릴 수 있거든요.

그런데 어떤 작가님들은 연필과 색연필로도 멋지게 그리시더라고요! 아무 장비가 없는데 인스타툰을 하고 싶으시다면 굳이 비싸게 돈 주고 장비를 사지 마시고 먼저 연필과 색연필로 시작해보시는 거 어떨까요? 시작은 가벼울수록 좋다고 생각합니다.

Q. 어떻게 그 많은 일을 다 하시나요?

이 질문도 굉장히 많이 받았는데, 특히 다른 작가님들이 엄청 궁금해하시더라고요. 역시 같은 일을 하다 보면 서로 얼마나 일이 많은지 아니까요. 저는 거의 모든 일을 후배님들과 함께 해요. 웹툰 제목 하나를 정할 때도 맨날 이건 어떤지 저건 어떤지 물어보곤 합니다. 그리고 많은 능력자 선배님들이 피드백도 주시고요. 아무튼 그렇게 힘을 모아서 하기 때문에 인스타툰뿐만 아니라 유튜브 애니메이션, 카카오 이모티콘, 굿즈, 브랜디드 콘텐츠(광고), 단행본까지 만들 수 있는 것 같아요. 모든 걸 혼자 하시는 작가님들을 정말 존경 존경합니다.

Q. 단행본을 내게 된 소감?

정말 놀랍기만 합니다. 물론 오느리는 참 귀여운 캐릭터이지만 저는 늘 제 스토리가 부족하다고 생각했고, 책을 통해 누군가에게 멋진 조언을 할 만큼 대단한 사람도 아니에요. 그런데 오느리를 통해 열 군데 넘는 출판사에서 출간 제의를 받았어요. 몇몇 편집자님들은 제가 이미 다른 출판사와 계약을 했다고 하니까 한 번 만나만 보자며 직접 상암으로 찾아와 주시기도 했고요. 아예 만화뿐 아니라 에세이를 따로 내보자는 편집자님도 계셨어요. 부족한 스토리를 너무 많은 분께서 좋게 봐주셔서 정말 놀랍고 감사했습니다.

그리고 이 책을 만들기까지도 정말 오랜 시간이 걸렸어요. 계약은 2018년에 했던 것 같은데. 어떻게 하면 더 나은 책이 될까 싶어 밤낮으로 고민했습니다. 솔직히 '이거 회사 일이고 이렇게 고생하는 거 아무도 몰라주는데 이렇게까지 열심히 할 필요가 있나?' 하는 생각이 들기도 했어요. 근데 기왕 만드는 거 제대로 만들고 싶다는 생각이 들었어요. 돈이 아깝지 않은 단행본이 되었으면 해서요. 그리고 이런 기회를 만들어주신 독자님들께 감사합니다. 충성!

Q. 언제까지 오느리툰을 하실 건가요?

저는 오래오래 오느리를 하고 싶지만, 사실 오느리의 운명은 회사의 높은 분들께 달려있기 때문에 저도 언제까지 할 수 있을지는 잘 모르겠어요. 생각해보면 오느리가 제 인생의 목표가 될 순 없는 것 같아요. '나=오느리'인 것도 아니에요. 오느리는 물론 저의 많은 면을 가지고 있지만, 사실 캐릭터일 뿐이니까요. 저는 단순히 오느리툰을 하는 사실이 좋았던 게 아니라, 작가로서 오느리를 통해서 전하고 싶은 메시지를 여러분께 전달하고 소통하는 시간이 좋았던 것 같아요.

♥ ○ ⊲
_____

그러니 제가 언젠가 어떤 이유로든 오느리를 하지 못하게 되더라도(?) 저희 회사의 주력인 영상이나 또 다른 메신저를 통해 콘텐츠를 만들어나가고 있을 것 같아요. 그래도 제가 3년 동안 정성 들여 오느리를 키우고, 여러분들과 소통했던 그 사실은 영원히 변하지 않겠죠?

Q. 독자님들께 하고 싶은 말

오느리가 2018년에 시작해 우여곡절을 잘 넘기고 성장할 수 있었었던 건 다 독자님들 덕분입니다. 구독해주시고, 좋아요도 눌러주시고 따뜻한 댓글도 달아주시는 독자님들이 안 계셨다면 아마 진작 오느리는 문을 닫았을 거예요! 그렇기 때문에 오느리는 사실 우리 모두의 것이라고 생각해요. 그래서 단행본에 여러분의 댓글도 넣은 거고요. 평소에 댓글 자주 달아주시는 분들은 아이디도 다 기억하고 있답니다. 우리 애잔한 느리에게 성장의 기회를 주신 여러분께 진심으로 감사드립니다.

모두가 오느리를 통해 조금이라도 더 즐겁고, 행복하셨으면 좋겠습니다. 늘 오느리를 더 위로해주시는 우리 따뜻한 독자님들, 우리 다 함께 뚜벅뚜벅 우리의 길을 걸어가요!

 # 인스타그램으로 받은
소소한 Q&A